JN209561

たけくらべ

樋口一葉

Kodomo Books

たけくらべ《目次》

読者の皆様方へ

*この作品には、女性・地方・子ども・障害者・職業に対する、多くの差別的表現が含まれております。しかしこれらはの言葉は、作品の主題とも深く関わっており、また作者がすでに故人であることや、作品の書かれた時代背景なども考慮し、原作の表記をそのまま採用することにしました。

*私たちは社会にメッセージを送る立場として、差別的表現の社会的影響力を、十分認識いたしております。しかし文学一般においては、差別否定の見地から、あえて差別的表現を使用する場合もあります。読者の皆様方には、これらの作品に接することを契機に、差別問題への認識をより深めて頂ければと考えております。

■第一章——**リード・ミー**（はじめにお読みください）

樋口一葉と雅俗折衷体

樋口一葉の名は誰でも知っているでしょう。五千円札の肖像画の人物ですし、国語の授業で何度も習うし、最近では角川書店の漫画『文豪ストレイドックス』の登場人物としても人気で、キャラクターグッズも飛ぶように売れているようです。

しかし代表作『たけくらべ』をしっかり理解して読んだ日本人がどれだけいるでしょうか。ほとんどの文庫本出版社から文庫化されているので、手にとって読まれた方も少なくないと思います。しかし読まれた方の多くの感想は「難しい」の一言です。「柱のきずはおととしの…♪」の童謡「せくらべ」と混同して、内容を幼稚なものと早合点すると、大変な思いをするかもしれません。あまりの難しさに「何度読み直してもまったく意味がわからない」と嘆きたくなります。これはどういうことでしょうか。

樋口一葉の『たけくらべ』がなぜ難しいかと言うと、それは一般的な「口語体」ではなく、「雅俗折衷体」という古い文体で書かれているからです。この一言に尽きると思われます。

明治の文豪・二葉亭四迷の『浮雲』（明治22年頃発表）以降、多くの文豪達は、読者が読みやすい「口語体」を編み出し、多くの作品を残してきました。それまでは、いわゆる話し言葉（言）と書き言葉（文）は違うという常識がありましたが、明治中期にこの常識を打ち破る「言文一致運動」という文学革命が起こりました。明治38年頃の夏目漱石の登場などもあり、新聞・雑誌・法令文なども含め、徐々に「口語体」が日本語の主流になっていきました。しかし『たけくらべ』の発表は明治29年頃なので、ちょうどその過度期に当たります。

「雅俗折衷体」の「雅」は平安時代に確立した「雅」な日本語の「文語体」のことです。五七五七七の「短歌」、五七五七…が繰り返す「長歌」、「源氏物語」や「枕草子」のような文体です。「俗」は日常的世俗的な「俗文」のことです。これら両者の良いとこ取りをした「雅俗折衷体」は、江戸時代の井原西鶴や近松門左衛門から始まったと言われています。

　高校生なら、「あれ？。井原西鶴や近松門左衛門は国語の現代文ではなく古文に登場する作家だよね。それなら古文で使用する『古語辞典』を頼りに読み進めればいいんじゃない。」と思われるかもしれませんが、そう簡単に行かないのが歯がゆい点です。それは小説に登場する「吉原遊郭」や「遊女」の特殊性にも関連してきます。将来の「遊女」と将来の僧侶の関係を阻むものは、何なのでしょうか。

この本は中学生・高校生を中心読者に想定しているので、この点にも事前に触れておこうと思います。とはいえ最近は「花魁漫画」ブームでもあるらしく、すでに江戸時代の「吉原」「花魁」が性の売り買いに関わっていたというイメージは持ち合わせているかもしれないので、『たけくらべ』に登場する用語（左側に黒丸）、樋口一葉の実生活、現在の吉原地区と関連させながら「解説」してみようと思います。

本来、文学的な「解説」は本の巻末につけるのが出版界の常識ですが、『たけくらべ』に関しては、最初に資料的な「解説」を読む必要があると考え、「リード・ミー」として巻頭に入れました。

吉原・見返り柳はどこにあるのか

樋口一葉は17歳の時、父、兄の死亡により、一家の当主になっていたのですが、多額の借金を抱えながら明治26年、21歳のときに吉原遊郭近くの下谷龍泉寺町（現在台東区竜泉）で荒物と駄菓子を売る雑貨店を開くことになります。

吉原・浅草周辺図

Map data ©2018 Google

【参考サイト】
・樋口一葉の名作「たけくらべ」ゆかりの下町を巡る
（https://www.travel.co.jp/guide/article/16903/）

小説にも登場しますが、この地域は「吉原遊郭」関連の仕事にありつきたい（活計もとむ）人が、各地から押し寄せて移り住んでいました。しかし、翌年明治27年には店を引き払っており、このわずか一年ちょっとの間の体験と、駄菓子屋に集まる子ども達のエピソードが「たけくらべ」の題材になったと思われます。実際に小説が書かれたのは、終焉の地として有名な本郷の丸山福山町（現在東京都文京区西片）です。引っ越してから結核のため24歳で死去するまでのわずか十四ヶ月の間に、ほとんどの代表作が書かれており、「奇跡の十四ヶ月」と言われています。

もともと樋口一葉は、中島歌子という歌人の私塾「萩の舎」で和歌や源氏物語などを学んでいました。その時期に「雅俗折衷体」の「雅」の部分を学び、そして吉原地域滞在時の体験が「俗」の部分につながったのでしょう。「萩の舎」時代には、同門の姉弟子である田辺花圃が小説で多額の原稿料を得たのを知り、当時困窮していた一葉は、自分も小説を書こうと決意し、作家の半井桃水に師事して指導を受けるようになりました。この時小説の技法を学んだのでしょう。

現在台東区竜泉の旧居近くには「台東区立樋口一葉記念館」があり、ボランティアの人が解説しながら館内を案内してくれます。ぜひ一度訪れることをお勧めします。

台東区立一葉記念館

さてその「吉原遊郭」は、もともと日本橋にありましたが、江戸時代の「明暦の大火」で焼け出され、現在の台東区の浅草寺の裏手に引っ越してきたのです。よって「新吉原」とか、江戸の北にあるため「北郭」「北州」とも言われました。ただし行政上「吉原」という地名はなく、現住所も「台東区千束」になります。

浅草の花やしきの裏側から徒歩でも行けますが、東武浅草駅裏側から台東区循環バス「北めぐりん」に乗れば10個目で「たけくらべの見返り柳近く」とアナウンスされ「吉原大門（おおもん）」バス停に着きます。

ただしこのバス停自体は、実際の「吉原大門」からはやや離れています。江戸時代に作られた「日本堤」という隅田川の氾濫防止用の土手があった「土手通り」の「吉原大門」信号の近くです。その「土手通り」と実際の「大門」をつなぐS字状の「五十間道り」との交差点に、小説にも登場する何代目かの「見返り柳」とその碑があります。「吉原遊廓」を訪れた客が、帰りに「この角を曲がったらもう吉原の灯りが見えなくなってしまう」と名残惜しんで見返るから「見返り柳」です。

現代に例えるとディズニーリゾート帰りの客が、京葉線の車窓から、「あー、もう帰っちゃうのか」とランドやシーの賑やかな灯りを眺める心境に近いかもしれません。ただし現在の吉原にあるのはソープランドと呼ばれる風俗店だけです。

「何を言っているんですか?。そんな風俗街と一緒にしないでくださいよ。」と純粋なディズニーファンに叱られるかもしれませんが、実は「吉原遊廓」の特殊性はそこにもあると思われます。

現在の見返り柳と碑

大門以外はお歯黒溝（はぐろどぶ）で囲まれていた

吉原が単なる風俗街で、「遊女」が単なる風俗従事者だったら、それほど特殊ではないのですが、吉原には明らかに異なる「明」と「暗」の二面があるから特殊なのです。

まず「吉原遊廓」の「暗」の方です。

前述の「見返り柳」からS字状の「五十間通り」（または「五十

現在の吉原大門

軒通り」）を進むと「大門」に到着します。住宅街の電信柱の手前に突然「よし原大門」の鉄柱が見えてきます。ここまでは全く普通の住宅街ですが、「大門」をすぎると一気に新宿の歌舞伎町の裏側のような雰囲気に変わります。

「吉原遊廓」は漢字の田の字状、つまり碁盤の目状に区画整備されていました。田の字の上辺の左右が「江戸町（えどちょう）一丁目、二丁目」、下辺の左右が「京町（きょうまち）一丁目、二丁目」、中辺の右側が「角町（すみちょう）」で合わせて「五丁町」と呼ばれていました。

ちなみに中辺の左側「揚屋町（あげやちょう）」に「揚屋（貸座敷）」はなく、「遊女」や見習い中の「新造（しんぞ）」、15歳未満の「禿（かむろ）」達の生活の場、つまりバックヤードでした。ここでは「遣（や）り手」と呼ばれる中年女性が生活上の世話をしていました。

その田の字の四辺をお歯黒溝（はぐろどぶ）と言われる堀で囲まれてい

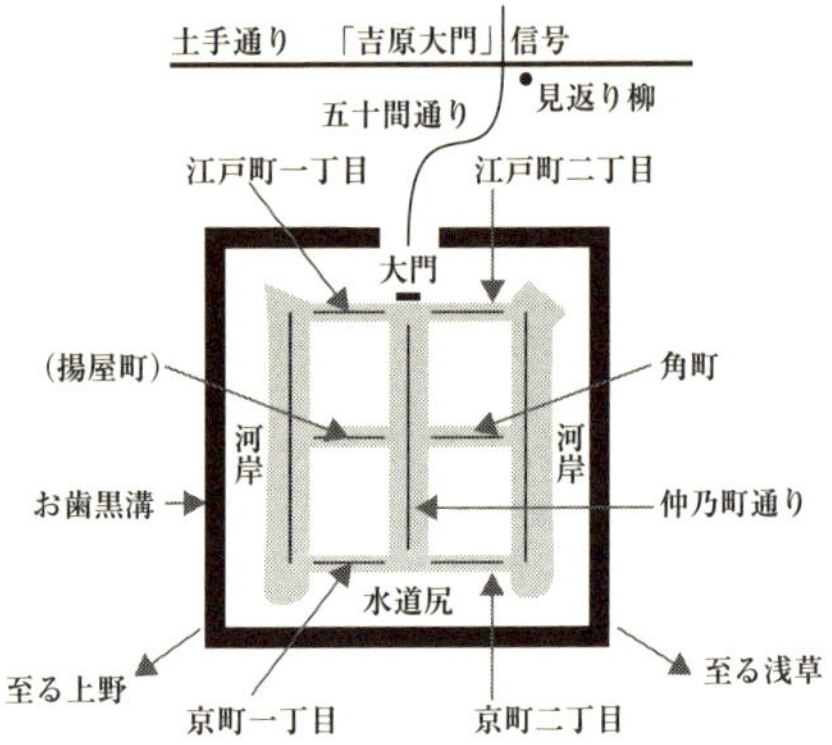

吉原遊郭（五丁町・北郭）全体図

ました。現在は普通の道路と路地になっていますが、妙な角の痕跡から、お歯黒溝のコーナーが想像できます。

　お歯黒溝の名称は、おそらくお歯黒を洗い流したときの水が流れ込んで黒く淀んでいたのでしょう。田の字の左右中央の縦線が花魁道中で有名な「仲之町通り」、その最上部が唯一の入り口である「大門」です。その一箇所をのぞいてぐるりと四辺が溝に囲まれていました。

　「ドブ」というと下水道工事が進んでいない地域に残る道路の側溝のイメージで簡単に渡れそうですが、実際は城郭の堀のように人を渡れなくするための構造でした。「仲之町通り」の突き当たりも「水道尻」という行き止まりで、通り抜けはできません。そうまでしてお歯黒溝を作った理由は、遊女の脱走を防止するためです。城郭の堀は外部の人間を侵入させないことが目的ですが、この溝の目的は真逆で、役割だけで言えば刑務所の塀と同じです。

実際に目隠しの黒板塀もありました。

「遊女（女郎）」とは娘を15歳から27歳まで「遊郭」で年季奉公させることを条件として、親が前借り賃金を受け取り、実質的に人身売買された女性達でした。買い取った遊女屋（楼）の主人側は、契約通り27歳までは働いてもらわないと元が取れないので、脱走防止策の溝（どぶ）を作ったというわけです。27歳をすぎると「年季明け（遊女（つとめ）あがり）」になって、一応は一般人に戻れました。

「吉原遊郭」唯一の出入り口である「大門」には、郭内の犯罪防止の役人が常駐する「面番所」と、その向かいには出入り業者の女性に紛れたり男装して脱走する「遊女」を見張る「四郎兵衛番所」があったのは有名な話です。よって通常「遊女」が郭外に出ることはできず、全ての生活を郭内（廓内（なか））でしていました。ただしこの規則は、明治になってやや緩んだようです。

ちなみにこの「大門」は北西を向いており田の字も右に45度傾いているのです。つまり西の上野から来ても、南の浅草から来ても反対側となり、隅田川から山谷堀（さんやぼり）経由で土手を通って来ない限り、どこから行っても遠回りになるので、小説の冒頭「回れば大門…」となるのです。

一説にはこの「日本堤」と呼ばれる土手を踏み固めるために、人の出入りが激しい「吉原遊廓」

を作り、「大門」を「日本堤」と平行にしたということですが定かではありません。

ただしお歯黒溝にはいくつかの橋（栈橋・はね橋）と通用門があり、当然「遊女」は通行できませんが、出入り業者は見張りの番屋に頼んでそこから入らせてもらっていたようです。小説内にも「桟橋にとんと知らせて、（大門へ）回るのは遠い、ここからあげまする」と書かれている。

酉の市の熊手

唯一「遊女」が「吉原遊郭」外に大手を振って出られたのは、すぐ近くにある浅草鷲神社（大鳥大明神）で、十一月の酉の市が開かれる時だけでした。現在は新宿区の花園神社の酉の市が有名ですが、当時は浅草の鷲神社が一番の賑わいでした。いわゆる商売繁盛の「熊手」を買い求めるお祭りで、この日ばかりは「遊女」の外出が許可されるだけでなく、「大門」やお歯黒溝の通用口（検査場の門、台東病院側裏門）すべてが解放され、多くの一般人が普段入れない吉原見物に逆流してきたようです。小説内の「上天気に大鳥神社の賑わいすさまじく」からも、その祭りの盛大さがうかがわれます。

実際の「遊女」達の生活は悲惨で、本名を捨て、家族を捨て、故郷を捨て、妊娠しても堕胎させられ、恋人も作れず、結婚もできず、ただただ27歳の年季明けまで「遊女」を続けさせられ働かされていました。「遊女」の平均寿命は20代前半です。平均年齢ではなく平均寿命なので、ほとんどの「遊女」が性病にかかって早死にしていたのです。死ぬ直前の「遊女」は、激安だけど性病に当たったら死ぬという意味で「鉄砲」とあだ名されていました。実際に死んでしまった「遊女」は、三ノ輪橋の浄閑寺という「投げ込み寺」に投げ込まれたのです。この寺には現在も「新吉原総霊塔」が存在します。多くの「遊女」は源氏名しかわかっておらず、どこの誰かを示す本名や出身地はわかっていないということです。

「遊女」が年季明け前に「遊女」でなくなる唯一の例外があります。それが、大名や豪商などが気に入った「遊女」を買い取って自分の妻にする「身請け（根曳（ねびき））」という制度でした。しかし、それとて「遊女」の意思が反映されるわけでもなく、「遊女」という仕事から解放されるだけで、人身売買以外のなにものでもありませんでした。

このような人権侵害の状況は、江戸幕府から明治政府に引き継がれ、政府の公認だったため契約書も存在し、「公」の字を用いて「公娼」と呼ばれました。

明治5年のマリア・ルス号事件を発端とする「芸娼妓解放令」で一旦は終了しますが、その後うやむやになり、結局戦後GHQの指令により「公娼廃止」されても、さらに残存した「赤線」が昭和33年の「売春防止法」の施行で完全になくなり、「吉原遊郭」も消滅しました。

そんな「吉原遊郭」の跡地は現在、田の字の上半分に元「遊女屋」の子孫達が経営するソープランドが残っています。ただし法律ではソープランドの新規出店は禁止されているので、廃業したソープランドの跡地は住宅化が進み、特に田の字の下側は現在高級マンションが立ち並ぶ完全な住宅街になっています。そこだけ見ると、本当にこの地が江戸文化の中心地だったのだろうか、と信じられない気分にもなります。

ここまでが「吉原遊廓」の「暗」の部分です。

吉原と江戸文化・江戸経済

これからが「吉原遊郭」の「明」の部分です。

実は昔の「遊女」は現在の「風俗従事者」とイコールではありません。「風俗従事者」は「アイドル」ではありませんし、ましてや「ファッションリーダー」や「グラビアクィーン」でもありません。

しかし昔の「遊女」、特に古くは「大夫（芸妓もできる最高遊女、主に大名向け）」、江戸中期以降は「花魁（芸妓はしない、主に豪商向け）」と呼ばれた高級遊女は、一般の男性だけでなく女性達も憧れる「アイドル」であり、「ファッションリーダー」でもありました。江戸時代に流行した「兵庫髷」「勝山髷」「元禄島田髷」と言う女性の髪型は、「遊女」が火付け役でした。美人画の「浮世絵」は飛ぶように売れていたので「グラビアクィーン」でもあったのでしょう。

料理文化で言うと「桜鍋」という馬肉料理は、吉原でお金を使い果たした人が、自分が乗ってきた馬を売って支払に充てたことから始まる吉原発祥の料理です。

また吉原生まれで定着した日本語も多数あります。有名なのは「冷やかし（素見）」です。「吉原遊郭」にはお客よりも多くの「冷やかし」客が訪れていたと言われています。まさしく「アイドル」のコンサートや握手会に多くの人が群がる状況に似ています。この「冷やかし」とは、近くで染物をしていた職人達が、反物の染料を「冷やかしている」ちょっとの間に吉原見物に訪れ

小格子の向こうで客を待つ明治時代の遊女達と冷やかしか

ていたので、買う気がないお客を「冷やかし」と言うようになったのです。他には「ありんす言葉」（廓ことば）も有名です。

それだけ多くの人に影響を与えた「吉原遊郭」や「遊女」は、多くの落語や歌舞伎の演目にも登場するようになったのです。落語では「五人廻し」「明烏」「唐茄子屋政談」「文七元結」「三枚起請」「お直し」「お茶汲み」「木乃伊取り」「お見立て」「二階ぞめき」「干物箱」「六尺棒」「幾代餅」など、また歌舞伎では「三浦屋」「恋飛脚大和往来」「籠釣瓶」「曽根崎心中」「心中天網島」などがあるようです。

また江戸時代の謎の浮世絵師「写楽」の版元「蔦屋」は、もともと「吉原遊郭」の「茶屋」の屋号でした。

「茶屋」とは、舞妓遊びをする京都祇園の茶屋とは異なり、正式には「引き手茶屋」といい「遊女仲介所」のことで、「仲之町」の両脇にありました。「小格子」と呼ばれる格の低い遊女屋以外は、必ず「茶屋」を通さなければなりませんでした。特に優秀な茶屋を「七軒」と言いました。
「蔦屋」はその後「大門」の近くで書店を開き、「吉原遊廓」の案内本「吉原細見」を出版していたようですが、幕府の「寛政の改革」で摘発・手鎖されてから「写楽」などの浮世絵の出版に転じたようです。「写楽」にも吉原が間接的に関わっていたのです。

まさしく「吉原遊廓」と「遊女」達は江戸文化の中心であり、最盛期の「遊女」は二千人とも三千人とも言われ、一日で千両が動く、江戸経済の中心地でもありました。江戸の経済は日本橋の魚河岸が三分の一、「歌舞伎」が三分の一、そして「吉原遊廓」が三分の一と言われたほどでした。今で言えば東京の経済の三分の一を「吉原遊廓」が担っていたわけれですから、その全盛期の繁盛ぶりがいかにすごかったかが想像できると思います。

これで「見返り柳」をディズニーリゾート帰りの京葉線の車窓に例えた理由が、少しは伝わりましたでしょうか。「吉原遊廓」は江戸のテーマパークだったのです。

（文責・コドモブックス編集部）

《たけくらべ御朱印巡り》

浅草 鷲神社
（東京都台東区千東3丁目18番7号）

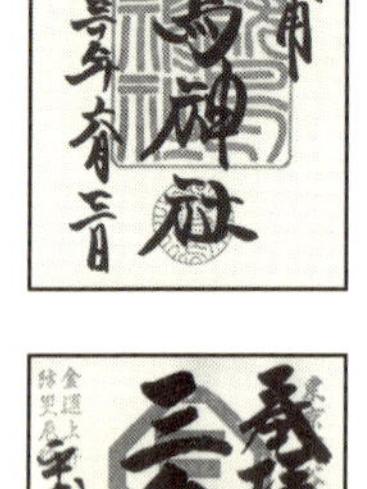

千束稲荷神社
（東京都台東区竜泉2丁目19番3号）

三島神社
（東京都台東区下谷3丁目7番5号）

小野照崎神社
（東京都台東区下谷2丁目13番14号）

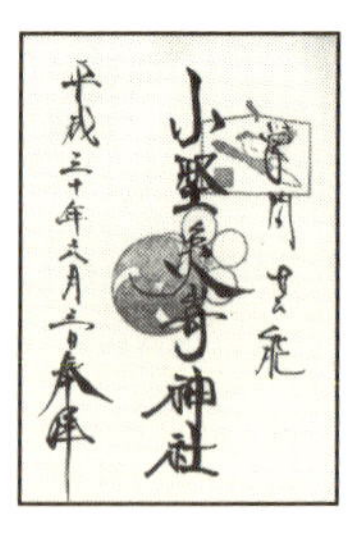

【参考サイト】
・樋口一葉「たけくらべ」の舞台・新吉原を歩く
（http://sirdaizine.com/travel/Yoshiwara.html）
・樋口一葉「たけくらべ」の舞台・竜泉を歩く
（http://sirdaizine.com/travel/Ryusen1.html）

■第二章――相関図とあらすじ

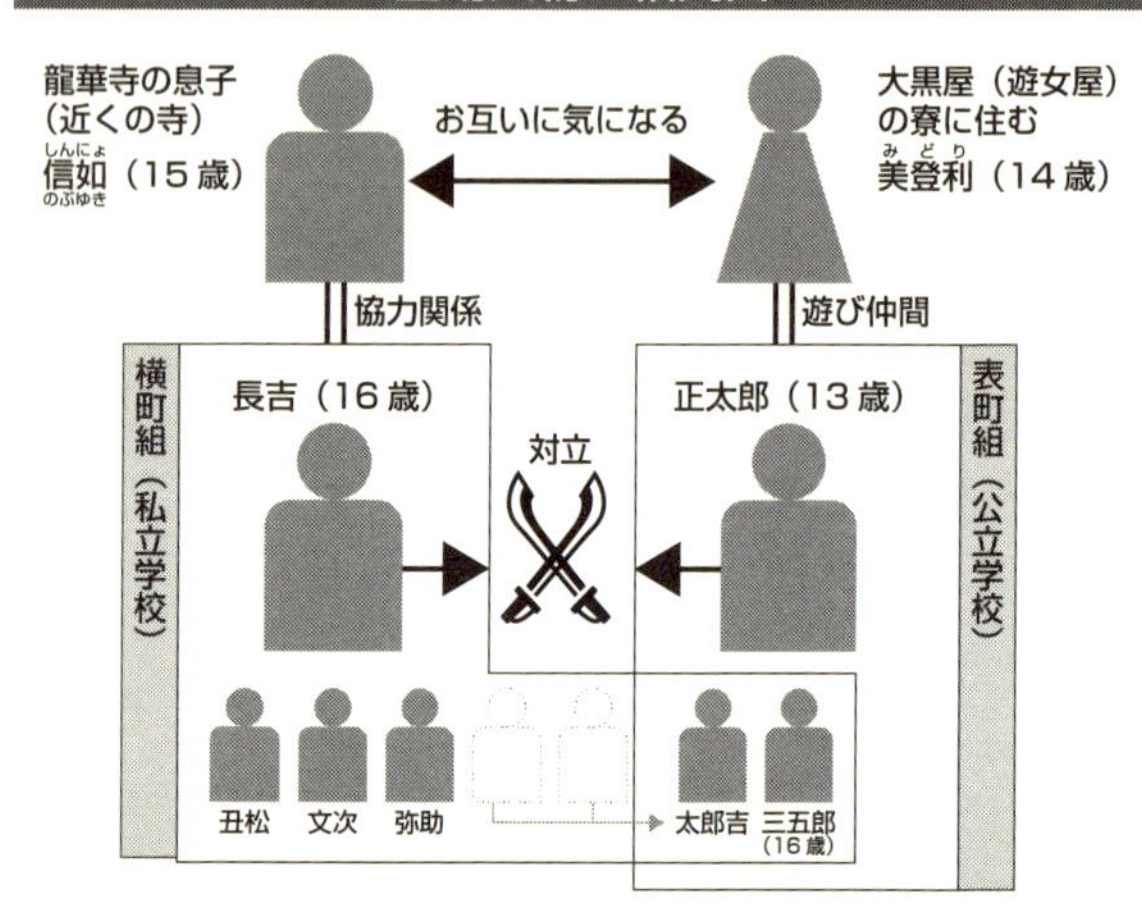

【登場人物の概要】

明治時代中期、浅草裏の吉原遊郭の近くが舞台で、13歳から16歳までの二組みの子供たちの勢力争いから話が始まります。

鳶人足の息子で乱暴者の長吉（16歳）が横町組の長なら、高利貸しの息子で柔和なうえ愛嬌のある田中屋正太郎（13歳）が表町組の長です。この二人の抗争に、吉原の花魁の姉をもつおてんば娘の美登利（14歳）と、龍華寺の息子で周りからの信頼が厚い信如（15歳）の二人が巻き込まれてしまいます。

正太郎と仲がいい美登利は、長吉側についた信如のことを気にし始めますが、信如は美登利のことを避けていました。将来の僧侶と将来の遊女ゆえ、二人の距離は縮まりません。

あらすじ

吉原遊郭や鷲神社の近くにある「大音寺前」は仏くさい名前の地域だけど、情緒溢れる陽気な町で、子ども達もこの町の雰囲気に染まっていました。

ところが子ども達は、鳶職人の頭の息子である乱暴者の長吉（16歳）を中心とする横町組と、高利貸しの田中屋の息子の正太郎（13歳）を中心とする表町組に別れて対立していました。

長吉は育英舎という私立の学校に通っているが、正太郎は公立の学校に通っており、去年も一昨年も千束神社の祭りの趣向が横町組より田中屋の方が華々しかったことや、また横町組の者がこっそり柔和な正太郎側に付いていることなどが口惜しかったのです。そこで八月二十日の千束神社の祭りに乗じて喧嘩しようと企て、同じく育英舎に通う龍華寺の藤本信如（15歳）に、自分の味方に付くよう頼みに行きます。

　信如は大人しい子どもでしたが、勉強もでき僧侶の息子と言う家柄もあったので、子ども達の間では一目置かれていました。信如は様々の義理から長吉の組みに入ることを受け入れましたが、喧嘩には参加しないと断わり、「喧嘩はしない方が勝ちだ」と諭していました。

一方、大黒屋と言う遊女屋の寮に住む美登利（14歳）は、祭りの日の夜、表町の正太郎や三五郎（16歳）らと、筆屋（文房具屋）で幻燈（映画会）をすることにしました。

美登利は姉の身売り（遊女になること）によって、この地に仕事を求めた両親とともに紀州からやって来たのです。愛敬があり強気で活発な性格で、また年に似合わぬほどお金持ちだったので、子ども仲間の間では女王様のようにしていました。

正太郎は愛敬のある子でしたが、心が弱く優しい子どもでもありました。美登利を慕っていましたが、美登利から見ればまだ13歳の正太は弟のような存在としか思えなかったのです。

三五郎は貧しい人力車夫の長男で、憎む者のないおどけ者です。生まれ育ちは横町、地主は龍華寺、家主は長吉の親でしたが、高利貸しの田中屋に恩があるので、三つも下の表町の正太郎についていました。

八月二十日の祭りの当日、正太郎は美登利を三五郎に迎えに行かせますが、その間に祖母が夕飯に迎えにきたので、連れ帰られてしまいます。そこへ美登利を迎えに行った三五郎が戻ってきました。すると正太郎がいないことを知らない長吉一派が殴り込んできて、そして三五郎を「この二股野郎」と殴り始めました。美登利が三五郎をかばうと、長吉は「女郎め、こっちには龍華寺の藤本がついている」と美登利の額に汚いわらじを投げつけました。

次の日から美登利はくやしさのあまり学校に行けなくなってしまいます。正太郎は祭りの夜のことを家に帰っていた自分の責任に感じ、美登利に謝りました。

一方美登利の恨みは信如に向いていました。信如と美登利は同じ育英舎に通うも、四月頃美登利が信如にハンケチを貸したとき、友達にからかわれたことがあり、信如は美登利を避け始めます。美登利はそんなことは気にも止めず何度か信如に声をかけましたが、いつもろくな返事をしないので、次第に一言も交わさないようになってしまいました。そんな信如が表では温順そうに装いながら陰で喧嘩の糸を引いていたと思うと、悔しくてならないのです。

信如は喧嘩の当日は出掛けており、後になって筆屋での出来事を聞き、今さらながら長吉の乱暴にあきれ、また自分の名前を使われて迷惑だと思いました。もう喧嘩が無いようにとただ祈るしかありませんでした。可哀そうなのは三五郎です。彼は怪我を負っても、父が長吉の親の大家の言いなりなので、喧嘩したことが知れると謝りに行かされると思い、父に隠していました。

秋の頃、正太郎と美登利がいつものように筆屋で遊んでいると、筆屋に信如がやってきたらしいのですが、美登利達が居ることを察し、引き返してしまいました。美登利はうつむいた信如の後姿をいつまでもいつまでも見送ったあと、信如の悪口を言うのでした。

ある雨の日、大黒屋の前で鼻緒を切った人がいることに気付いた美登利は、友仙ちりめんの切れ端をあげようと出て行きましたが、その人が信如とわかると手渡すことができませんでした。かといっていつものように悪（にく）まれ口を言うでもなく、ただうじうじと隠れるだけでした。

信如も美登利に気が付くと冷や汗が流れてきました。美登利は仕方なく黙って切れ端を投げ付けて家に駆けこみました。ちょうどそのとき長吉が通りがかり、彼は裸足になって、自分の下駄を履くように信如に促したので、紅入りの友仙は大黒屋の前に残ったままになりました。

この地域で最大の祭りである酉（とり）の市の日、正太郎は嶋田の髪型に結って着飾った美登利に会いました。ところが美登利は「嫌でしょうがない」と恥ずかしげに塞ぎこんでおり、正太郎が訳を聞いてもただ「帰って」と言われるばかりなので途方に暮れてしまいました。

（この後のラストシーンは本編でお読みください）。

■第三章――たけくらべ

【総ルビ原文】

一

廻れば大門の見返り柳いと長けれど、お歯ぐろ溝に燈火うつる三階の騒ぎも手に取る如く、明けくれなしの車の行来にはかり知られぬ全盛をうらなひて、大音寺前と名は仏くさけれど、さりとは陽気の町と住みたる人の申き、三嶋神社の角をまがりてよりこれぞと見ゆる大厦もなく、かたぶく軒端の十軒長屋二十軒長や、商ひはかつふつ利かぬ処とて半さしたる雨戸の外

【現代意訳文】

一

回れば大門の見返り柳まではけっこう長いが、ここからもお歯ぐろ溝にうつる燈火で三階の騒ぎが手に取るようにわかる。ひっきりなしの車の行き来に、はかり知れない全盛がうかがえる。「大音寺前と名前は仏くさいけど、本当に陽気な町だ」と住んでいる人は言う。三嶋神社の角を曲がると、家らしい家もなく、軒先の端が傾く十軒長屋、二十軒長屋が並んでいる。商いは全く利益にならない所らしいが、半分閉めた雨戸の外には、怪しい形に紙を切って、白い顔料を塗って、彩色

に、あやしき形に紙を切りなして、胡粉ぬりくり彩色のある田楽みるやう、裏にはりたる串のさまもをかし、一軒ならず二軒ならず、朝日に干して夕日にしまふ手当ことごとしく、一家内これにかかりてそれは何ぞと問ふに、知らずや霜月酉の日例の神社に欲深様のかつぎ給ふこれぞ熊手の下ごしらへといふ、正月門松とりすつるよりかかりて、一年うち通しのそれは誠の商買人、片手わざにも夏より手足を色どりて、新年着の支度もこれをば当てぞかし、南無や大鳥大明神、買ふ人にさへ大福をあたへ給へば製造もとの我等万倍の利益

した田楽のように、裏に張ってある串状の面白いものがある。一軒二軒ではない。朝日が出たら干し、夕日が沈む頃しまう手間も大変そうだ。一家総出で取り掛かっている。「それは何ですか」と尋ねると「知らないのかい。霜月の酉の日、例の神社で欲深いお客様がおかつぎなさる熊手の下ごしらえだよ」という。正月の門松を取り払う頃から取り掛かって一年中続けるのが本当の商売人で、片手間仕事の人は夏から手足を色だらけにして行う。新年着の支度にもこの売り上げを当てるようだ。「南無や大鳥大明神を買う人にまで大きな福を与えるのだから、製造元の我等には万倍の利益があるはず」と人毎に言うが、そう思い通りにはならない。この辺りに大長者の噂も聞かない。住む人の多くは吉原の廓

をと人ごとに言ふめれど、さりとは思ひのほかなるもの、このあたりに大長者のうわさも聞かざりき、住む人の多くは廓者にて良人は小格子の何とやら、下足札そろへてがらんがらんの音もいそがしや夕暮より羽織引かけて立出れば、うしろに切火打かくる女房の顔もこれが見納めか十人ぎりの側杖無理情死のしそこね、恨みはかかる身のはて危ふく、すはと言はば命がけの勤めに遊山らしく見ゆるもをかし、娘は大籬の下新造とやら、七軒の何屋が客廻しとやら、提燈さげてちよこちよこ走りの修業、卒業して何にかなる、とかくは檜舞台と見たつ

で働く者で、例えば夫は小格子（格の低い遊女屋）の何とやらだ。下駄箱の札を揃えてがらんがらんと忙しげに音をたてている。夕暮れから羽織を引っかけて出かければ、うしろで火打石で安全を願う切火を打ちかける妻の顔もこれが見納めかと思う。というのも十人もの殺傷事件の側杖（とばっちり）を受けたり、無理心中のしそこねがいたりと、恨まれやすく危ないうえ「いざ」と言うときは命がけの勤務なのに物見遊山に行くかのように見えるのも面白い。娘さんたちは大籬（格の高い遊女屋）の下新造（花魁の見習いの遊女）だとか、七軒（格の高い遊女紹介所）の何屋の女中だとかで、看板提燈を下げてちょこちょこ走りの修行中だ。修行を終えたら何になるのか。おそらく遊郭の檜舞台に立

るもをかしからずや、垢ぬけのせし三十あまりの年増、小ざつぱりとせし唐桟ぞろひに紺足袋はきて、雪駄ちやらちやら忙がしげに横抱きの小包はとはでもしるし、茶屋が桟橋とんと沙汰して、廻り遠や此処からあげまする、誂へ物の仕事やさんとこのあたりには言ふぞかし、一体の風俗よそと変りて、女子の後帯きちんとせし人少なく、がらを好みて巾広の巻帯、年増はまだよし、十五六の小癪なるが酸漿ふくんでこの姿はと目をふさぐ人もあるべし、所がら是非もなや、昨日河岸店に何紫の源氏名耳に残れど、けふは地廻りの吉と手馴れぬ

つと見立てるのも面白いものだ。垢抜けた三十過ぎの年増たちは、小ざっぱりとした唐桟の揃い（着物と羽織）に紺足袋を履き、雪駄をちゃらちゃらさせている。忙しげに横抱きした小包は問うまでもなく着物だ。茶屋のお歯黒溝の桟橋にとんと知らせて「大門へ回るのは遠い、ここからあげまする」という。誂え物の仕立て屋さんとこの辺りでは言うのだとか。ここら一帯の風俗は他と変わっていて、女子の後帯をきちんとした人は少なく、柄を好んで巾広の帯を巻いている。年増はまだいいが、十五、六位の小癪なのが酸漿を含んでこの姿は、と目をふさぐ人もいるだろうが場所柄、是非もない。また昨日まで河岸店（最下級の遊女屋）の何紫という源氏名だった遊女が、今日になったら地回り（ブラブラしてい

焼鳥の夜店を出して、身代たたき骨になれば再び古巣への内儀姿、どこやら素人よりは見よげに覚えて、これに染まらぬ子供もなし、秋は九月仁和賀の頃の大路を見給へ、さりとは宜くも学びし露八が物真似、栄喜が処作、孟子の母やおどろかん上達の速やかさ、うまいと褒められて今宵も一廻りと生意気は七つ八つよりつのりて、やがては肩に置手ぬぐひ、鼻歌のそそり節、十五の少年がませかた恐ろし、学校の唱歌にもぎつちよんちよんと拍子を取りて、運動会に木やり音頭もなしかねまじき風情、さらでも教育はむづかしきに教師の苦心さこそと

る）の吉となれない焼鳥の夜店を出して失敗し、財産を失って再び古巣へ帰ることもあるが、それでもこの辺の女性たちは、どことなく普通の人よりはよく思える。またこの土地の風情に染まらない子どももいなく、秋は九月仁和賀（吉原俄、夏の風物詩）の頃の大通りで、よく練習した露八の物真似に栄喜の処作（露八と栄喜は芸人）を披露する。孟子の母も驚かんばかりの上達の速さだ。上手いと褒められて「今宵も一廻り」と七つ八つの頃から生意気盛りだ。やがては肩に置き手ぬぐいをして鼻歌のそそり節（冷やかし客の唄）をうたう十五の少年のませかたは恐ろしい。学校の唱歌にもぎっちょん、ぎっちょんと拍子を取り、運動会に木やり音頭もしかねない風情だ。そうでなくとも教育は難しいのに、

思はる入谷ぢかくに育英舎とて、私立なれども生徒の数は千人近く、狭き校舎に目白押の窮屈さも教師が人望いよいよあらはれて、唯学校と一ト口にてこのあたりには呑込みのつくほど成るがあり、通ふ子供の数々に或は火消鳶人足、おとつさんは刎橋の番屋に居るよと習はずして知るその道のかしこさ、梯子のりのまねびにアレ忍びがへしを折りましたと訴へのつべこべ、三百といふ代言の子もあるべし、お前の父さんは馬だねへと言はれて、名のりや愁らき子心にも顔あからめるしほらしさ、出入りの貸座敷の秘蔵息子寮住居に華族さまを

これでは教師も大変だ。入谷近くに育英舎という学校がある。私立だが生徒数は千人近くで、狭い校舎に目白押しの窮屈さだが、教師の人望が厚く、ただ「学校」と言えば、この辺りではここを指すものとすぐ分かるほどだ。数々の通う子どもの中には、火消や鳶人足（鳶職人）の子どもや「お父さんは刎橋の番屋（お歯黒溝の見張）にいるよ」と習ってないのに知っている、その道の賢い子もいる。梯子乗りを真似して「アレ、（泥棒よけの）忍び返しを折りました」と訴えて騒ぐ、三百代言（資格のない弁護士）の子もいる。「お前の父さんは馬だねえ（付け馬。遊興費の取り立てで家まで付いてく人）」と言われて、職を名乗るのが辛いのだろうか、子ども心にも顔を赤らめるしおらしい子もいる。父が出

気取りて、ふさ付き帽子面もちゆたかに洋服かるがると花々しきを、坊ちゃん坊ちやんとてこの子の追従するもをかし、多くの中に龍華寺の信如とて、千筋となづる黒髪も今いく歳のさかりにか、やがては墨染にかへぬべき袖の色、発心は腹からか、坊は親ゆづりの勉強ものあり、性来をとなしきを友達いぶせく思ひて、さまざまの悪戯をしかけ、猫の死骸を縄にくくりてお役目なれば引導をたのみますと投げつけし事も有りしが、それは昔、今は校内一の人とて仮にも侮りての処業はなかりき、歳は十五、並背にていが栗の頭髪も思ひなし

入りする貸座敷の秘蔵息子は、寮住まい（廓外の遊女屋関係者の寮）で華族様を気取っている。ふさ付き帽子をかぶった豊かな面持ちで、洋服を軽々と華々しく着る子に「坊ちゃん、坊ちゃん」と追従するのも面白い。多くの子どものなかに龍華寺の信如といって、千筋の黒髪はあと何年もつだろうか、やがては剃って墨染めに変えるはずの袖の色、発心（出家）は本心なのか、坊さんになるのは親ゆずりの勉強者がいた。性来おとなしいのを友達はいぶかしく思って、様々の悪戯を仕掛け、猫の死骸を縄にくくって「お役目なのだから引導（念仏）を頼みます」と投げ付けたこともあったが、それは昔のことで、今は校内一の人で、仮にも許しがたい所業をされることはなく、年は十五、並背で、いが栗頭も思

か俗とは変りて、藤本信如と訓にてすませど、何処やら釈といひたげの素振なり。

二

八月二十日は千束神社のまつりとて、山車屋台に町々の見得をはりて土手をのぼりて廓内までも入込まんづ勢ひ、若者が気組み思ひやるべし、聞かぢりに子供とて由断のなりがたきこのあたりのなれば、そろひの裕衣は言はでものこと、銘々に申合せて生意気のありたけ、聞かば胆もつぶれぬべし、横町組と自らゆるしたる乱暴の

いなしか世俗とは違い、藤本信如と訓読みにしているが、どことなく釈（釈迦）と言いたげな素振りである。

二

八月二十日は千束神社（台東区竜泉）の祭りだというので、町々が見栄をはった山車屋台を出し、土手（日本堤）をのぼって廓内にまで入り込みそうな勢いから、若者の意気込みが察せられる。いろいろと聞きかじっている子どもたちなので、油断ならないのがこの辺りだ。揃いの裕衣は言うまでもなく、それぞれに申し合せて生意気のいい放題を聞けば大人は胆もつぶれ

子供大将に頭の長とて歳も十六、仁和賀の金棒に親父の代理をつとめしより気位ゑらく成りて、帯は腰の先に、返事は鼻の先にていふ物と定め、にくらしき風俗、あれが頭の子でなくばと鳶人足が女房の蔭口に聞えぬ、心一ぱいに我がままを徹して身に合はぬ巾をも広げしが、表町に田中屋の正太郎とて歳は我れに三つ劣れど、家に金あり身に愛敬あれば人も憎くまぬ当の敵あり、我れは私立の学校へ通ひしを、先方は公立なりとて同じ唱歌も本家のやうな顔をしおる、去年も一昨年も先方には大人の末社がつきて、まつりの趣向も我れよりは

るだろう。「横町組」と自ら称する乱暴の子ども大将は「頭の長」といって歳は十六、親父の代理で仁和賀の金棒（吉原俄の行列の先導）を務めたときから気位がえらく高くなり、大人の真似をして「帯は腰の先に、返事は鼻の先に言うもの」と心得て、憎らしき風体だ。「あれが頭の子でなければ」と鳶人足の女房の蔭口が聞こえるぐらいだ。心一杯に我がままに徹して身に合わない幅を利かせていたが、表町には田中屋の正太郎といって、歳は自分より三つ下だが、家に金がある身分で愛敬もあり人も憎まない敵がいた。自分は私立の学校に通っているのに、先方は公立だといって、同じ唱歌も本家の

花を咲かせ、喧嘩に手出しのなりがたき仕組みも有りき、今年又もや負けにならば、誰れだと思ふ横町の長吉だぞと平常の力だては空いばりとけなされて、弁天ぼりに水およぎの折も我が組に成る人は多かるまじ、力を言はば我が方がつよけれど、田中屋が柔和ぶりにごまかされて、一つは学問が出来おるを恐れ、我が横町組の太郎吉、三五郎など、内々は彼方がたに成たるも口惜し、まつりは明後日、いよいよ我が方が負け色と見えたらば、破れかぶれに暴れて暴れて、正太郎が面に傷一つ、我れも片眼片足なきものと思へば為やすし、加担人

ような顔をしやがる。去年も一昨年も先方には大人の末社（ご主人の取り巻き）がついて、祭りの趣向もこちらより花を咲かせ、喧嘩に手出しできない仕組みになっていた。今年またもや負けたならば「誰だと思う、横町の長吉だぞ」と、常に力自慢は空威張りとけなされて、弁天堀に水泳ぎの折も我が組に入る人は多くないだろう。力で言えば我が方が強いが、田中屋の柔和ぶりにごまかされて、もう一つには学問が出来るのを恐れ、我が横町組の太郎吉、三五郎などが内々では彼の方になっているのも口惜しい。祭りは明後日、いよいよ我が方が負け色と見えたら、破れかぶれに暴れて暴れて、正太郎の面に傷一

は車屋の丑に元結よりの文、手遊屋の弥助などあらば引けは取るまじ、おおそれよりはあの人の事あの人の事、藤本のならば宜き智恵も貸してくれんと、十八日の暮れちかく、物いへば眼口にうるさき蚊を払ひて竹村しげき龍華寺の庭先から信如が部屋へのそりのそりと、信さん居るかと顔を出しぬ。

己れの為る事は乱暴だと人がいふ、乱暴かも知れないが口惜しい事は口惜しいや、なあ聞いとくれ信さん、去年も己れが処の末弟の奴と正太郎組の短小野郎と万燈のたたき合ひから始まつて、それといふと奴の

つつけてやる。自分の片眼片足がなくすぐらいの勢いならやりやすい。加担するのは車屋の丑に元結縒り（美容師）の文、手遊屋の弥助などいれば、引けを取るまい。「おお、それよりはあの人、あの人。藤本ならば良い知恵でも貸してくれよう」と、十八日の暮れ近く、物を言えば眼や口にうるさく飛び回る蚊を払いて、竹がしげる龍華寺の庭先から信如の部屋へのそりのそりと「信さんいるか」と顔を出した。

――おれのする事は乱暴だと人は言う。乱暴かもしれないが、口惜しいことは口惜しいや。なあ聞いとくれ信さん、去年もおれのところの末弟の奴と正太郎組の短小野郎との万燈（文字や

中間がばらばらと飛出しやあがつて、どうだらう小さな者の万燈を打こわしちまつて、胴揚にしやがつて、見やがれ横町のざまをと一人がいふと、間抜に背のたかい大人のやうな面をしてゐる団子屋の頓馬が、頭もあるものか尻尾だ尻尾だ、豚の尻尾だなんて悪口を言つたとさ、己らあその時千束様へねり込んでゐたもんだから、あとで聞いた時に直様仕かへしに行かうと言つたら、親父さんに頭から小言を喰つてその時も泣寝入、一昨年はそらね、お前も知つてる通り筆屋の店へ表町の若衆が寄合て茶番か何かやつたらう、あの時己れが見に行つたら、

絵を描いた行燈）のたたき合いから始まって「それ」というと奴の仲間がばらばらと飛び出しやがって、どうだろう、小さい者の万燈をぶち壊しちまって、胴上げしやがって「見やがれ横町のざまを」と一人がいうと、間抜けに背の高い大人のような面をしている団子屋の頓馬（間抜け）が「頭もあるものか、尻尾だ尻尾だ、豚の尻尾だ」なんて悪口を言ったとさ。おいらはその時千束様へねり込んでいたもんだから、後で聞いた時に「すぐさま仕返しに行こう」と言ったら、親父さんに頭から小言を食らって、その時も泣き寝入りしたんだ。一昨年はそらね、お前も知ってる通り、筆屋の店へ表町の若衆が寄

横町は横町の趣向がありませうなんて、おつな事を言ひやがつて、正太ばかり客にしたのも胸にあるわな、いくら金が有るとつて質屋のくづれの高利貸が何たら様だ、あんな奴を生して置くより擲きころす方が世間のためだ、己らあ今度のまつりにはどうしても乱暴に仕掛て取かへしを付けようと思ふよ、だから信さん友達がひに、それはお前が嫌やだといふのも知れてるけれども何卒我れの肩を持つて、横町組の耻をすすぐのだから、ね、おい、本家本元の唱歌だなんて威張りおる正太郎を取ちめてくれないか、我れが私立の寝ぼけ生徒といはれ

り合って茶番（寸劇）か何かやったろう。あの時おれが見に行ったら「横町には横町の趣向がありましょう」なんて気取った事を言いやがって、正太だけを客にしたのも胸に残ってるわな。いくら金があるたって、質屋崩れの高利貸しが何てざまだ。あんな奴を生かして置くより擲きころす方が世間のためだ。おいら今度の祭りには、どうしても乱暴に仕掛けて仕返ししてやろと思うよ。だから信さん、友達だろう、それはお前が嫌だというのもわかっているけれども、どうかおれの肩を持ってくれ。横町組の恥をすすぐのだから。ね。おい。本家本元の唱歌だなんて威張りおる正太郎を取っちめてくれない

ればお前の事も同然だから、後生だ、どうぞ、助けると思つて大万燈を振廻しておくれ、己れは心から底から口惜しくつて、今度負けたら長吉の立端は無いと無茶にくやしがつて大幅の肩をゆすりぬ。だつて僕は弱いもの。弱くても宜いよ。万燈は振廻せないよ。振廻さなくても宜いよ。僕が這入ると負けるが宜いかへ。負けても宜いのさ、それは仕方が無いと諦めるから、お前は何も為ないで宜いから唯横町の組だといふ名で、威張つてさへくれると豪気に人気がつくからね、己れはこんな無学漢だのにお前は学が出来るからね、向ふの奴が

か。おれが私立の寝ぼけ生徒と言われれば、お前が言われたも同然だ。頼むよ、どうぞ、助けると思って、大万燈を振り回しておくれ。おれは心の底から口惜しくって、今度負けたら長吉の立場は無い――と無茶苦茶に悔しがって、大幅な肩を揺すった。「だって僕は弱いもの」「弱くてもいいよ」「万燈は振り回せないよ」「振り回さなくてもいいよ」「僕が入ると負けるけどいいかい」「負けてもいいのさ、それは仕方がないと諦めるから。お前は何もしないでいいから、ただ横町の組だという名で、威張ってさえくれると、豪気に人気がつくからね。おれはこんな無学漢だのに、お前は勉強が出来るからね、

漢語か何かで冷語でも言つたら、此方も漢語で仕かへしておくれ、ああ好い心持ださつぱりしたお前が承知をしてくれればもう千人力だ、信さん有がたうと常に無い優しき言葉も出るものなり。

一人は三尺帯に突かけ草履の仕事師の息子、一人はかわ色金巾の羽織に紫の兵子帯といふ坊様仕立、思ふ事はうらはらに、話しは常に喰ひ違ひがちなれど、長吉は我が門前に産声を揚げしものと大和尚夫婦が贔負もあり、同じ学校へかよへば私立私立とけなされるも心わるきに、元来愛敬のなき長吉なれば心から味方につく者

向こうの奴が漢語か何かで冷語でも言ったら、こっちも漢語で仕返しておくれ。ああいい心持ちだ、さっぱりした、お前が承知をしてくれればもう千人力だ。信さんありがとう」といつもと違う優しい言葉も出るのだった。

一人は職人風の三尺帯に突っかけ草履の鳶の仕事師の息子、もう一人は皮色金巾（綿織物）の羽織に紫の兵子帯という坊さん仕立。思う事は裏腹で、話は常に食い違いがちだが「長吉はわが門前に産声をあげた者」と大和尚夫婦の贔負もあり、同じ学校へ通っているので私立私立とけなされるのも気持ちが悪い。元来愛敬のない長吉なので心から味方につく者がいないの

もなき憐れさ、先方は町内の若衆どもまで尻押をして、ひがみでは無し長吉が負けを取る事罪は田中屋がたに少なからず、見かけて頼まれし義理としても嫌やとは言ひかねて信如、それではお前の組に成るさ、成るといつたら嘘は無いが、なるべく喧嘩は為ぬ方が勝だよ、いよいよ先方が売りに出たら仕方が無い、何いざと言へば田中の正太郎位小指の先さと、我が力の無いは忘れて、信如は机の引出しから京都みやげに貰ひたる、小鍛冶の小刀を取出して見すれば、よく利れそうだねへと覗き込む長吉が顔、あぶなし此物を振廻してなる事か。

も憐れだ。先方は町内の若衆どもまで後押しをして、僻みではなく長吉側が負けることの罪は、田中屋側にも少なからずはある。見込んで頼まれた義理だとしても、嫌とは言いにくい信如は「それではお前の組になるさ。なると言ったら嘘はないが、なるべく喧嘩はしない方が勝ちだよ。いよいよ先方が喧嘩を売ってきたら仕方が無い。なに、いざとなれば田中の正太郎くらい小指の先さ」と、自分に力が無いことは忘れて、信如は机の引出しから京都土産に貰った小鍛冶(京都の名工)の小刀を取出して見せたので「よく切れそうだねえ」と覗き込む長吉の顔があった。危ない、これを振り回してなるものか。

三

解かば足にもとどくべき毛髪を、根あがりに堅くつめて前髪大きく髷おもたげの、赭熊といふ名は恐ろしけれど、此髷をこの頃の流行とて良家の令嬢も遊ばさるるぞかし、色白に鼻筋とほりて、口もとは小さからねど締りたれば醜くからず、一つ一つに取たてては美人の鑑に遠けれど、物いふ声の細く清しき、人を見る目の愛敬あふれて、身のこなしの活々したるは快き物なり、柿色に蝶鳥を染めたる大形の裕衣きて、黒襦子と染分絞りの昼夜帯胸だかに、足に

三

ほどけば足にも届くだろう毛髪を、根上がり（髷の根を上げる）に堅く詰め、前髪の大きい髷が重たげの「赭熊（縮毛の髪型）」という恐ろしい名前の髷が最近の流行だというので、良家の令嬢もしているようだ。色白に鼻筋通り、口元は小さくないが締っているので醜くなく、一つ一つ取り立てて「美人の鑑」ではないが、それでも物を言う声は細く清しく、人を見る目は愛敬に溢れて、身のこなしが活々としている少女の存在は快いものなり。柿色に蝶と鳥を染めた大形の裕衣を着て、黒襦子と染分絞りの昼夜帯を胸高に結び、足には塗り木履（下駄）

はぬり木履ここらあたりにも多くは見かけぬ高きをはきて、朝湯の帰りに首筋白々と手拭さげたる立姿を、今三年の後に見たしと廓がへりの若者は申き、大黒屋の美登利とて生国は紀州、言葉のいささか訛れるも可愛く、第一は切れ離れよき気象を喜ばぬ人なし、子供に似合ぬ銀貨入れの重きも道理、姉なる人が全盛の余波、延いては遣手新造が姉への世辞にも、美いちゃん人形をお買ひなされ、これはほんの手鞠代と、くれるに恩を着せねば貰ふ身の有がたくも覚えず、まくはまくは、同級の女生徒二十人に揃ひのごむ鞠を与へしはおろか

だが、ここら辺りでも多くは見かけない高さのものを履いている。朝風呂帰りに白い首筋を見せて手拭を下げて歩く立姿を「あと三年後に見たい」と廓（遊郭）帰りの若者は言った。その子は大黒屋（遊女屋名）の美登利といって生国は紀州、言葉がいささか訛っているのも可愛い。だいいち切れ離れ（思い切り）のよい気性を喜ばない人はいない。子どもに似合わないほど銀貨入れが重いのにも道理がある。姉が全盛の花魁のおかげで、遣手（遊女の世話をする年配女性）や新造（花魁の見習い）が姉へのお世辞として「美いちゃん人形をお買いなされ。これはほんの手鞠代」と、恩を着せるわけでもなくくれるので、貰う方はありがたくもないから、ばら撒くはばら撒くは。

の事、馴染の筆やに店ざらしの手遊を買しめて喜ばせし事もあり、さりとは日々夜々の散財この歳この身分にて叶ふべきにあらず、末は何となる身ぞ、両親ありながら大目に見てあらき詞をかけたる事も無く、楼の主が大切がる様子も怪しきに、聞けば養女にもあらず親戚にてはもとより無く、姉なる人が身売りの当時、鑑定に来たりし楼の主が誘ひにまかせ、この地に活計もとむとて親子三人が旅衣、たち出しはこの訳、それより奥は何なれや、今は寮のあづかりをして母は遊女の仕立物、父は小格子の書記に成りぬ、この身は遊芸手芸

同級の女生徒二十人に揃いのゴム鞠を与えたのは言うまでもないが、馴染みの筆屋でいつまでも売れ残っていた店ざらしの手遊び（おもちゃ）を買いしめて喜ばせた事もある。といっても毎日毎晩のような散財は、本来この歳この身分で叶うことではなく、末は何になる身なのだろうか。両親もいるので皆、大目に見て荒い言葉で叱ることもない。楼（妓楼＝遊女屋）の主が大切にする様子も不思議だが、聞けば主の養女でもなく、親戚でもなく、姉が身売り（遊女になること）した当時、鑑定に来た楼の主の誘いに乗って、この地に活計（生計）を求め、親子三人が旅衣（旅行着）を着て旅立っただけのことらしい。それより深い事情は何だろうか。今は寮（郭外

学校にも通はせられて、そのほかは心のまま、半日は姉の部屋、半日は町に遊んで見聞くは三味に太鼓にあけ紫のなり形、はじめ藤色絞りの半襟を袷にかけて着て歩るきしに、田舎者いなか者と町内の娘どもに笑はれしを口惜しがりて、三日三夜泣きつづけし事も有しが、今は我れより人々を嘲りて、野暮な姿と打つけの悪まれ口を、言ひ返すものも無く成りぬ。二十日はお祭りなれば心一ぱい面白い事をしてと友達のせがむに、趣向は何なりと各自に工夫して大勢の好い事が好いでは無いか、幾金でもいい私が出すからとて例の通り勘定なしの引受

の遊女屋の寮）の管理人をして、母は遊女の仕立物、父は小格子（格の低い遊女屋）の書記（会計）になっていた。自分自身は遊芸手芸学校にも通わせてもらって、それ以外は気が向くまま、半日は姉の部屋、半日は町で遊びながら、三味線や太鼓を聞き、朱や紫の着物の色柄や形を見て過ごしている。初めは藤色絞りの半襟を袷にかけて着て歩いたら「田舎者、いなか者」と町内の娘たちに笑われたのを口惜しがり、三日三夜泣き続けた事もあったが、今では自分の方が人々をバカにして「野暮な姿」と露骨な悪まれ口をたたき、言い返す者もいなくなった。

「二十日はお祭りなので心一杯面白い事をして」と友達がせがむと「趣向は何でもいいから各自が工

けに、子供中間の女王様又とあるまじき恵みは大人よりも利きが早く、茶番にしよう、何処のか店を借りて往来から見えるやうにしてと一人が言へば、馬鹿を言へ、それよりはお神輿をこしらへておくれな、蒲田屋の奥に飾つてあるやうな本当のを、重くても搆はしない、やつちよいやつちよい訳なしだと捩ぢ鉢巻をする男子のそばから、それでは私たちがつまらない、皆が騒ぐを見るばかりでは美登利さんだとて面白くはあるまい、何でもお前の好い物におしよと、女の一むれは祭りを抜きに常盤座をと、言ひたげの口振をかし、田中の正太は可愛ら

夫して、みんなが好きなことをするのがいいんじゃない。お金はいくらでも私が出すから」と例の通り、金勘定なしで引き受けた。子ども仲間の女王様、またとない金銭の恵みに、子どもは大人よりも反応が早い。「茶番（寸劇）をやろう。どこのか店を借りて通りからも見えるようにして」と一人が言えば「馬鹿を言え。それよりはお神輿をつくっておくれよ。蒲田屋の奥に飾ってあるような本当のを。重くても構いはしない、やっちょい、やっちょい、訳なしだ」と捻じり鉢巻きをする男の子が言えば、そばから「それでは私たちがつまらない。皆が騒ぐのを見るばかりでは、美登利さんだって面白くはあるまい」「何でもお前の好きな物におしよ」と美登利が言うと、女

しい眼をぐるぐると動かして、幻燈にしないか、幻燈に、己れの処にも少しは有るし、足りないのを美登利さんに買つて貰つて、筆やの店で行らうでは無いか、己れが映し人で横町の三五郎に口上を言はせよう、美登利さんそれにしないかと言へば、ああそれは面白からう、三ちやんの口上ならば誰れも笑はずにはゐられまい、序にあの顔がうつると猶おもしろいと相談はととのひて、不足の品を正太が買物役、汗に成りて飛び廻るもをかしく、いよいよ明日と成りては横町までもその沙汰聞えぬ。

の一群れは「祭りを抜きに常盤座（芝居小屋）を」と言いたげな口ぶりも面白い。田中の正太は可愛らしい眼をぐるぐると動かして「幻燈（スライド映画）にしないか、幻燈に。おれのところにも少しは有るし、足りないのを美登利さんに買って貰って、筆屋の店でやろうではないか。おれが映し手で、横町の三五郎に口上（説明）を言わせよう。美登利さんそれにしないか」と言えば「ああそれは面白かろう。三ちゃんの口上ならば、誰も笑わずにはいられまい。ついでにあの顔が映ると、なお面白い」と相談は整って、不足の品を正太が買い物役、汗だくになって飛び廻るのも面白い。いよいよ明日祭りとなっては、横町までもその噂は聞こえるのだった。

四

打つや鼓のしらべ、三味の音色に事かかぬ場処も、祭りは別物、酉の市を除けては一年一度の賑ひぞかし、三嶋さま小野照さま、お隣社づから負けまじの競ひ心をかしく、横町も表も揃ひは同じ真岡木綿に町名くづしを、去歳よりは好からぬ形とつぶやくも有りし、口なし染の麻だすきなるほど太きを好みて、十四五より以下なるは、達磨、木兎、犬はり子、さまざまの手遊を数多きほど見得にして、七つ九つ十一つくるもあり、大鈴小鈴背中にがらつかせて、

四

鼓を打つ音や、三味の音色がいつも聞こえる場所でも、祭りは別物で、酉の市を除いては一年に一度の賑いなのだ。三嶋さまや小野照さま（共に台東区下谷）のお隣神社に負けまいとする競ひ心も面白い。横町も表町も同じ真岡木綿に崩した町名を入れた揃いの浴衣を着ているが「去年よりは形がよくない」とつぶやく者もいた。出来るだけ太いものを好んで、くちなし染の麻のたすきをかけている。十四、五より下の者はそのたすきに達磨・木兎・犬はり子など、様々のおもちゃをたくさんつけて自慢している。七つ九つ十一個つけている子もいた。大鈴や小鈴を背中にじゃ

駆け出す足袋はだしの勇ましく可笑し、群れを離れて田中の正太が赤筋入りの印半天、色白の首筋に紺の腹がけ、さりとは見なれぬ扮粧とおもふに、しごいて締めし帯の水浅黄も、見よや縮緬の上染、襟の印のあがりも際立て、うしろ鉢巻きに山車の花一枝、革緒の雪駄おとのみはすれど、馬鹿ばやしの中間には入らざりき、夜宮は事なく過ぎて今日一日の日も夕ぐれ、筆やが店に寄合しは十二人、一人かけたる美登利が夕化粧の長さに、未だか未だかと正太は門へ出つ入りつして、呼んで来い三五郎、お前はまだ大黒屋の寮へ行つた事があるまい、

らつかせて、足袋のままはだしで駆け出す勇ましい姿が面白い。集団から離れて田中の正太がいた。赤筋入りの印半天、色白の首筋に紺の腹がけの紐を結び、あんまり見ない扮粧だと思うが、細くしごいて締めた帯の水浅黄色も、よく見ると縮緬の上染だ。襟の印の染めあがりもくっきりしており、頭の後ろ鉢巻きには山車に飾る花を一枝挿している。革緒の雪駄の音だけはさせているが、ばか囃の仲間には入らない。夜宮（前夜祭）は事なく過ぎて、本祭の今日一日の日も夕暮れになり、筆屋の店に集まったのは十二人だ。一人欠けているのは夕化粧が長い美登利だ。「まだか、まだか」と正太は門（入り口）へ出入りつして「呼んで来い、三五郎。お前はまだ大黒屋の寮へ行った事

庭先から美登利さんと言へば聞える筈、早く、早くと言ふに、それならば己れが呼んで来る、万燈は此処へあづけて行けば誰れも蝋燭ぬすむまい、正太さん番をたのむとあるに、吝嗇な奴め、その手間で早く行けと我が年したに叱かられて、おつと来たさの次郎左衛門、今の間とかけ出して韋駄天とはこれをや、あれあの飛びやうが可笑しいとて見送りし女子どもの笑ふも無理ならず、横ぶとりして背ひくく、頭の形は才槌とて首みぢかく、振むけての面を見れば出額の獅子鼻、反歯の三五郎といふ仇名おもふべし、色は論なく黒きに感心なは目つ

がないだろう。庭先から美登利さんと言えば聞こえるはずだ。早く、早く」と言うと「それならばおれが呼んで来る。万燈はここへ預けて行けば誰も蝋燭を盗まないよね。正太さん番を頼む」と言うので「ケチな奴め、そんなこと言ってないで早く行け」と自分の年下に叱られて「おっと来たさの次郎左衛門、今のうち」と駆け出した。韋駄天（俊足の神様）とはこのことだ。「あれ、あの飛び出し方が面白い」と見送った女の子たちが笑うのも無理がない。横太りして背が低く、頭の形は才槌（小型小槌）といって首が短く、振り向いた面を見れば出額の獅子鼻、反歯（出っ歯）の三五郎という仇名からも想像できるだろう。色は無論黒いが、感心なのは何処までもおどけ

き何処までもおどけて両の頬に笑くぼの愛敬、目かくしの福笑ひに見るやうな眉のつき方も、さりとはをかしく罪の無き子なり、貧なれや阿波ちぢみの筒袖、己れは揃ひが間に合はなんだと知らぬ友には言ふぞかし、我れを頭に六人の子供を、養ふ親も轅棒にすがる身なり、五十軒によき得意場は持たりとも、内証の車は商買ものの外なれば詮なく、十三になれば片腕と一昨年より並木の活判処へも通ひしが、怠惰ものなれば十日の辛棒つづかず、一ト月と同じ職も無くて霜月より春へかけては突羽根の内職、夏は検査場の氷屋が手伝ひして、

ている目つきで、両頬には愛敬の笑くぼがあり、目隠しの福笑いに見るような眉のつき方も、なんとも面白い罪のない子であった。貧しいので阿波ちぢみの安い筒袖を着て「おれは揃いの浴衣が間に合わなかったんだ」と知らない友達には言っているようだ。自分を先頭に六人の子どもを、養う親も吉原通いの轅棒（人力車の舵棒）の仕事にすがる身だった。五十軒（五十間道りの編笠茶屋）に良いお得意先を持ってはいるものの、家計の車は商売物の車とは違って火の車なので、どうしようもない。三五郎も十三歳になれば親の片腕と、一昨年から並木の活判処（印刷所）へも通ったが、なまけ者なので十日もの辛抱できず、ひと月と同じ仕事を続けたことがない。それで霜月

呼声をかしく客を引くに上手なれば、人には調法がられぬ、去年は仁和賀の台引きに出しより、友達いやしがりて万年町の呼名今に残れども、三五郎といへば滑稽者と承知して憎くむ者の無きも一徳なりし、田中屋は我が命の綱、親子が蒙むる御恩すくなからず、日歩とかや言ひて利金安からぬ借りなれど、これなくてはの金主様あだには思ふべしや、三公己れが町へ遊びに来いと呼ばれて嫌やとは言はれぬ義理あり、されども我れは横町に生れて横町に育ちたる身、住む地処は龍華寺のもの、家主は長吉が親なれば、表むき彼方に背く事か

から春にかけては羽根突作りの内職、夏は検査場の氷屋の手伝いをしていたら、呼び声が面白く客を引くのが上手なので、雇い人には調法がられた。去年の仁和賀（吉原俄、夏の行事）の屋台引きになったので、友達が軽蔑して呼んだ「万年町（貧民窟）」の呼び名が残っているが、三五郎といえば滑稽者と知られていて、憎くむ者がいないのも一つの人徳だ。田中屋は我が命の綱的な存在、と親子が蒙むる恩は少なくない。「日歩」という安くない利金の借金だが、なくてはならない金主様（田中屋）なので仇と思うことは出来ないのだ。正太に「三公、おれの町へ遊びに来い」と呼ばれれば嫌とは言えない義理があるのだ。けれども自分は横町に生れて横町に育った

なはず、内々(うちうち)に此方(こっち)の用(よう)をたして、にらまるる時(とき)の役廻(やくまわ)りつらし。正太(しょうた)は筆(ふで)やの店(みせ)へ腰(こし)をかけて、待(ま)つ間(あいだ)のつれづれに忍(しの)ぶ恋路(こいじ)を小声(こごえ)にうたへば、あれ由断(ゆだん)がならぬと内儀(かみ)さまに笑(わら)はれて、何(なに)がなしに耳(みみ)の根(ね)あかく、まぢくないの高声(たかごえ)に皆(みんな)も来(こ)いと呼(よび)つれて表(おもて)へ駆(か)け出(だ)す出合頭(であいがしら)、正太(しょうた)は夕飯(ゆうはん)なぜ喰(た)べぬ、遊(あそ)びに耄(ほう)けて先刻(さっき)にから呼(よ)ぶをも知(し)らぬか、誰様(どなた)も又(また)のちほど遊(あそ)ばせて下(くだ)され、これは御世話(ごせわ)と筆(ふで)やの妻(つま)にも挨拶(あいさつ)して、祖母(ばば)が自(みず)からの迎(むかい)ひに正太(しょうた)いやが言(い)はれず、そのまま連(つ)れて帰(かえ)らるるあとは俄(にわ)かに淋(さび)しく、人数(にんず)はさのみ変(かわ)らねどあの子(こ)が見(み)えね

身、住んでる土地は龍華寺のもの、家主は長吉の親なので、表向きは横町組に背(そむ)く事もできない。自分の家の事情で表町の用をたして、にらまれる時の役回りは辛い。正太は筆屋の店へ腰を掛けて、待つ間の徒然(つれづれ)（暇つぶし）に「忍ぶ恋路」を小声に歌っていると「あれ恋の歌かい由断ならないね」と筆屋のおかみさんに笑われて、何となく耳の根は赤く、照れ隠しの高声(たかごえ)で「皆(みんな)も来い」と呼び連れて表へ駆け出した。その出合い頭(がしら)「正太、なぜ夕飯食べぬ。遊びに耄(ほう)けて、さっきから呼んでるのに知らんぷりか。みなさんまた後で遊んで下され。お世話さま」と祖母が筆屋のおかみにも挨拶して、正太も祖母自らのお迎えに嫌とは言えず、そのまま連れて帰られてしまっ

ば大人までも寂しい、馬鹿さわぎもせねば串談も三ちゃんの様では無けれど、人好きのするは金持の息子さんに珎らしい愛敬、何と御覧じたか田中屋の後家さまがいやらしさを、あれで年は六十四、白粉をつけぬがめつけ物なれど丸髷の大きさ、猫なで声して人の死ぬをも構はず、大方臨終は金と情死なさるやら、それでも此方どもの頭の上らぬはあの物の御威光、さりとは欲しや、廓内の大きい楼にも大分の貸付があるらしう聞きましたと、大路に立ちて二三人の女房よその財産を数へぬ。

た。その後急に淋しくなり「人数はそう変らなくてもあの子がいなければ大人までもが寂しいね。三ちゃんのように馬鹿騒ぎもしなければ冗談も言わないけど、人好きがするのは金持の息子さんには珍しい愛敬だね」、「ちょっと御覧になった。田中屋の後家さまのいやらしさ。あれで年は六十四、白粉をつけないのはまだいいけど、なんと丸髷の大きいこと。猫撫で声で人が死ぬのも構わず取り立て、おおかた最後は金と心中でもするんでしょうよ。それでもこちらの頭が上がらないのはあの物（お金）の御威光、もちろん欲しいけどね。廓内の大きい楼にもだいぶ貸し付けがあると聞きましたよ」と、大路に立って二、三人の女房がよそのうちの財産を数えるのだった。

五

待つ身につらき夜半の置炬燵、それは恋ぞかし、吹風すずしき夏の夕ぐれ、ひるの暑さを風呂に流して、身じまいの姿見、母親が手づからそそけ髪つくろひて、我が子ながら美くしきを立ちて見、居て見、首筋が薄かつたと猶ぞいひける、単衣は水色友仙の涼しげに、白茶金らんの丸帯少し幅の狭いを結ばせて、庭石に下駄直すまで時は移りぬ。まだかまだかと塀の廻りを七度び廻り、欠伸の数も尽きて、払ふとすれど名物の蚊に首筋額ぎわしたたか螫れ、

五

「待つ身につらき夜半の置炬燵」というは、冬の恋唄だ。いまは吹く風の涼しい夏の夕暮れ、昼の暑さを風呂で流して、娘は身仕度の姿見に向かっている。母親が手でほつれた髪を繕って、我が子ながら美しいのと立っては見、座っては見、「首筋が薄かった」とまだ気にしている。単衣（薄い着物）は水色友仙ちりめんの涼しげなものにして、少し幅の狭い白茶金襴の丸帯を結んで、庭石の下駄を直して履くまで時間がかかった。三五郎は「まだか、まだか」と塀の廻りを七度回り、欠伸の数も尽きて、払おうとしても名物の蚊に首筋や額

三五郎弱りきる時、美登利立出でていざと言ふに、此方は言葉もなく袖を捉へて駆け出せば、息がはづむ、胸が痛い、そんなに急ぐならば此方は知らぬ、お前一人でお出と怒られて、別れ別れの到着、筆やの店へ来し時は正太が夕飯の最中とおぼえし。ああ面白くない、おもしろくない、あの人が来なければ幻燈をはじめるのも嫌、伯母さん此処の家に智恵の板は売りませぬか、十六武蔵でも何でもよい、手が暇で困ると美登利の淋しがれば、それよと即坐に鋏を借りて女子づれは切抜きにかかる、男は三五郎を中に仁和賀のさらひ、北廓全盛見

際を思いっきり刺され、三五郎が弱りきっている時、やっと美登利が立ち上がって「さあ行こう」と言った。なのでこちらは無言で美登利の袖をつかんで駆け出せば「息が弾む、胸が痛い。そんなに急ぐならば私は知らない。お前一人で先に行け」と怒られて、別れ別れで到着した。筆屋の店へ来た時、正太は夕飯の最中でいなかった。「ああ面白くない、おもしろくない。あの人が来なければ幻燈をはじめるのも嫌。伯母さん、ここの家に知恵の板（板紙の知恵の輪）は売っていませんか。十六武蔵（ゲーム名）でも何でもよい。手が暇で困る」と美登利が淋しがったので「それよ」と女子連れは即坐に鋏を借りてゲームの板紙の切り抜きにか

わたせば、軒は提燈電気燈、いつも賑ふ五丁町、と諸声をかしくはやし立つるに、記憶のよければ去年一昨年とさかのぼりて、手振手拍子ひとつも変る事なし、うかれ立たる十人あまりの騒ぎなれば何事と門に立ちて人垣をつくりし中より、三五郎は居るか、一寸来てくれ大急ぎだと、文次といふ元結よりの呼ぶに、何の用意もなくおいしよ、よし来たと身がるに敷居を飛こゆる時、この二タ股野郎覚悟をしろ、横町の面よごしめ唯は置かぬ、誰れだと思ふ長吉だ生ふざけた真似をして後悔するなと頬骨一撃、あつと魂消て逃入る襟がみを、つか

かった。男は三五郎を真ん中に仁和賀のおさらいを始めた。「北廓全盛見わたせば、軒は提燈電気燈、いつも賑う五丁町」と声を合わせておかしく囃し立てるが、物覚えが良いので去年一昨年とさかのぼっても手振り手拍子が変わるところが一つもない。浮かれ立った十人余りの騒ぎなので「何やってるの」と入り口に立つ人垣が出来た。その中から「三五郎はいるか、ちょっと来てくれ。大急ぎだ」と文次という元結縒り（美容師）が呼ぶと、何の用心もなく「おいしょ、よし来た」と身軽に敷居を飛び越えた時、いきなり「この二股野郎、覚悟をしろ。横町の面汚しめ。唯では置かぬ。誰だと思う、長吉だ。生ふざけた真似をして後

んで引出す横町の一むれ、それ三五郎をたたき殺せ、正太を引出してやってしまへ、弱虫にげるな、団子屋の頓馬も唯は置かぬと潮のやうに沸かへる騒ぎ、筆屋が軒の掛提燈は苦もなくたたき落されて、釣りらんぷ危なし店先の喧嘩なりませぬと女房が喚きも聞かばこそ、人数は大凡十四五人、ねぢ鉢巻に大万燈ふりたてて、当るがままの乱暴狼藉、土足に踏み込む傍若無人、目ざす敵の正太が見えねば、何処へ隠くした、何処へ逃げた、さあ言はぬか、言はぬか、言はさずに置く物かと三五郎を取こめて撃つやら蹴るやら、美登利くやしく止め

悔するな」と頬骨に一撃を食らわせた。あっと魂消て逃げ入る三五郎の襟髪を横町の一群れがつかんで引き出すと「それ三五郎をたたき殺せ。正太を引っぱり出してやってしまえ。弱虫、逃げるな。団子屋の頓馬も唯では置かぬ」と潮のように騒ぎが沸きかえった。筆屋の軒の掛提燈は苦もなくたたき落とされて釣りランプも危ない。「店先の喧嘩はなりませぬ」と女房の喚きも聞くはずがない。人数はおおよそ十四、五人、捩じり鉢巻きに大万燈をふりたてて、当たるがままの乱暴狼藉、土足で踏み込む傍若無人である。目指す敵の正太が見えないと「どこへ隠した、どこへ逃げた。さあ言わぬか、言わぬか、言わさずにおくものか」と

る人を掻きのけて、これお前がたは三ちゃんに何の咎がある、正太さんと喧嘩がしたくば正太さんとしたが宜い、逃げもせねば隠くしもしない、正太さんは居ぬでは無いか、此処は私が遊び処、お前がたに指でもささしはせぬ、ゑゑ憎くらしい長吉め、三ちゃんを何故ぶつ、あれ又引たほした、意趣があらば私をお撃ち、相手には私がなる、伯母さん止めずに下されと身もだへして罵れば、何を女郎め頬桁たたく、姉の跡つぎの乞食め、手前の相手にはこれが相応だと多人数のうしろより長吉、泥草履つかんで投つければ、ねらひ違はず美登利

三五郎を取り囲んで、撃つやら蹴るやら。美登利は悔しく、止める人を掻き分けて「これ、お前達は三ちゃんに何の咎がある。正太さんと喧嘩がしたければ正太さんとするがいい。逃げも隠しもしない。正太さんはいないではないか。ここは私の遊び場だよ、お前達に指図はされない。ええ憎らしい長吉め。三ちゃんをなぜぶつ、あれ又引き倒した。意趣（恨み）があるなら、私をお撃ち。私が相手になる。伯母さん止めないで下さい」と身悶えして罵ると「何を女郎め、うるさいこと言いやがって。姉の跡継ぎの乞食め。てめえの相手にはこれが相応だ」と長吉は大勢の後ろから、泥草履をつかんで投げつけた。狙い違わず美登利の額際に当

が額際にむさき物したたか、血相かへて立あがるを、怪我でもしてはと抱きとむる女房、ざまを見ろ、此方には龍華寺の藤本がついてゐるぞ、仕かへしには何時でも来い、薄馬鹿野郎め、弱虫め、腰ぬけの活地なしめ、帰りには待伏せする、横町の闇に気をつけろと三五郎を土間に投出せば、折から靴音たれやらが交番への注進今ぞしる、それと長吉声をかくれば丑松文次その余の十余人、方角をかへてばらばらと逃足はやく、抜け裏の露路にかがむも有るべし、口惜しいくやしい口惜しい口惜しい、長吉め文次め丑松め、なぜ己れを殺さぬ、殺さ

たって汚い物がしたたり、血相変えて立ち上がる美登利を、怪我でもしては、と女房は抱き止めた。

「ざまを見ろ。こっちには龍華寺の藤本がついているぞ。仕返しはいつでも来い。薄馬鹿野郎め、弱虫め、腰抜けの意気地無しめ。帰りには待伏せするぞ、横町の闇に気を付けろ」と三五郎を土間に投げ出すと、ちょうどその時靴音が。誰かが交番へ通報していたのが今になってわかり「それ」と長吉が声をかければ、丑松文次、そのほかの十余人、方角を変えてばらばらと足速く逃げ、抜け裏の路地にかがむ者もいただろう。「口惜しいくやしい口惜しい口惜しい。長吉め文次め丑松め。なぜおれを殺さぬ、殺さぬか。おれも三五郎だ。唯

ぬか、己れも三五郎だ唯死ぬものか、幽霊になつても取殺すぞ、覚えてゐろ長吉めと湯玉のやうな涙はらはら、はては大声にわつと泣き出す、身内や痛からん筒袖の処々引さかれて背中も腰も砂まぶれ、止めるにも止めかねて勢ひの悽まじさに唯おどおどと気を呑まれし、筆やの女房走り寄りて抱きおこし、背中をなで砂を払ひ、堪忍をし、堪忍をし、何と思つても先方は大勢、此方は皆よわい者ばかり、大人でさへ手が出しかねたに叶はぬは知れてゐる、それでも怪我のないは仕合、この上は途中の待ぶせが危ない、幸ひの巡査さまに家ま

では死なんぞ。幽霊になって取りついて殺してやるぞ。覚えていろ長吉め」と湯玉のような涙をはらはら、果てには大声でわっと泣き出した。身体中痛いだろう、筒袖は所々引き裂かれて、背中も腰も砂まみれだ。止めるにも止めかねて、勢いの悽まじさにただおどおどと気を呑まれていた。筆屋の女房は走り寄って抱き起こし、背中を撫でて砂を払い「我慢をし、我慢をし。何といっても先方は大勢、こちらは皆弱い者ばかり。大人でさえ手が出せなかったのだから、子どもが敵うわけがない。それでも怪我がなくてよかった。こうなった上は途中の待ち伏せが危ない。幸い、巡査さんが来てくれたので家まで見届けてもらえれば私達も安心。

で見て頂かば我々も安心、この通りの子細で御座ります故と筋をあらあら折からの巡査に語れば、職掌がらいざ送らんと手を取らるるに、いゑいゑ送つて下さらずとも帰ります、一人で帰りますと小さく成るに、こりや怕い事は無い、其方の家まで送る分の事、心配するなと微笑を含んで頭を撫でらるるに弥々ちぢみて、喧嘩をしたと言ふと親父さんに叱かられます、頭の家は大屋さんで御座りますからとて凋れるをすかして、さらば門口まで送つて遣る、叱からるるやうの事は為ぬわとて連れらるるに四隣の人胸を撫でてはるかに見送れば、何とか

この通りの子細（詳細）で御座りますゆえ」とここまでの概要を巡査に語った。巡査も職掌柄「さあ送ろう」と三五郎の手を取ると「いえいえ、送って下さらなくても帰れます。一人で帰ります」と小さくなるので「これ、別に恐い事はないよ。そちらの家まで送るだけの事だから、心配するな」と微笑を含んで頭を撫でたのだが、いよいよ縮み上がって「喧嘩をしたと言うと親父さんに叱られます。頭の家は大屋さんで御座いますから」と萎れるのをなだめすかして「ならば入り口まで送ってやる。叱られるような事はしないよ」といって連れられるのを、辺りの人は胸を撫でおろして遠くまで見送ったが、どうしたのか、横町の角で

しけん横町（よこちょう）の角（かど）にて巡査（じゅんさ）の手（て）をば振（ふり）はなして一目散（いちもくさん）に逃（に）げぬ。

六（ろく）

めづらしい事（こと）、この炎天（えんてん）に雪（ゆき）が降（ふ）りはせぬか、美登利（みどり）が学校（がっこう）を嫌（い）やがるはよくよくの不機嫌（ふきげん）、朝飯（あさめし）がすすまずば後刻（のちかた）に鮨（やすけ）でも誂（あつら）へようか、風邪（かぜ）にしては熱（ねつ）も無（な）ければ大方（おおかた）きのふ（う）の疲（つか）れと見（み）える、太郎様（たろうさま）への朝（あさ）参（まい）りは母（かか）さんが代理（だいり）してやれば御免（ごめん）こふ（う）むれとありしに、いゑ（え）いゑ（え）姉（ねえ）さんの繁昌（はんじょう）するやう（よ）にと私（わたし）が願（がん）をかけたのなれば、参（まい）らね

巡査の手を振り離して一目散に逃げ帰ってしまったのである。

六

珍しいこと、この炎天に雪が降りはしないか。美登利が学校を嫌がるとは余程の不機嫌である。「朝飯がすすまないならば、後で鮨（すし）でも注文しようか。風邪にしては熱も無いし、おそらく昨日の疲れかな。太郎稲荷（たろういなり）への朝参りは母さんが代理でやっておくから、お休みなさい」と母に言われたが「いえいえ姉さんが繁昌するようにと私が願を掛けたのだから、私が参らねば気が

ば気が済まぬ、お賽銭下され行つて来ますと家を駆け出して、中田圃の稲荷に鰐口ならして手を合せ、願ひは何ぞ行きも帰りも首うなだれて畦道づたひ帰り来る美登利が姿、それと見て遠くより声をかけ、正太はかけ寄りて袂を押へ、美登利さん昨夕は御免よと突然にあやまれば、何もお前に謝罪られる事は無い。それでも己れが憎くまれて、己れが喧嘩の相手だもの、お祖母さんが呼びにさへ来なければ帰りはしない、そんなに無暗に三五郎をも撃たしはしなかつた物を、今朝三五郎の処へ見に行つたら、彼奴も泣いて口惜しがつた、己れは聞いて

済まない。お賽銭を下され、行って来ます」と家を駆け出した。中田圃の太郎稲荷（台東区入谷）で鰐口（平らな鈴）を鳴らして手を合せたが、何を願ったのだろう。行きも帰りも首をうなだれて、畦道づたいに帰って来た。その美登利の姿を見て遠くから声をかけた正太は、かけ寄って袂を押さえ「美登利さん昨夜はごめんよ」とだしぬけに謝った。「なにもお前に詫びられる事は無い」「それでもおれが憎くまれて、おれが喧嘩の相手だもの。お祖母さんが呼びにさえ来なければ帰りはしなかったし、あんなに無暗に三五郎をも撃たせはしなかったものを…。今朝三五郎のところへ見に行ったら、あいつも

さへ口惜しい、お前の顔へ長吉め草履を投げたと言ふでは無いか、あの野郎乱暴にもほどがある、だけれど美登利さん堪忍しておくれよ、己れは知りながら逃げてゐたのでは無い、飯を掻込んで表へ出やうとするとお祖母さんが湯に行くといふ、留守居をしてゐるうちの騒ぎだらう、本当に知らなかつたのだからねと、我が罪のやうに平あやまりに謝罪て、痛みはせぬかと額際を見あげれば、美登利につこり笑ひて何負傷をするほどでは無い、それだが正さん誰れが聞いても私が長吉に草履を投げられたと言つてはいけないよ、もし万一お母さんが聞

泣いて口惜しがった。おれも聞いただけで口惜しい。お前の顔へ、長吉のやつ、草履を投げたというではないか。あの野郎、乱暴にも程がある。だけれど美登利さん、堪忍しておくれよ。おれは知りながら逃げていたのではない。飯をかきこんで表へ出ようとするとお祖母さんが湯に行くという、留守番をしているうちの騒ぎだろう。本当に知らなかったのだからね」と、自分の罪のように平謝りに謝る。「痛みはしないか」と額際を見上げれば、美登利はにっこり笑って「なに、怪我をするほどではない。それだが正さん、誰が聞いても私が長吉に草履を投げられたと言ってはいけないよ。もし万が一お母さん

きでもすると私が叱かられるから、親でさへ頭に手はあげぬものを、長吉づれが草履の泥を額にぬられては踏まれたも同じだからとて、背ける顔のいとをしく、本当に堪忍しておくれ、みんな己れが悪るい、だから謝る、機嫌を直してくれないか、お前に怒られると己れが困るものをと話しつれて、いつしか我家の裏近く来れば、寄らないか美登利さん、誰れも居はしない、祖母さんも日がけを集めに出たらうし、己ればかりで淋しくてならない、いつか話した錦絵を見せるからお寄りな、種々のがあるからと袖を捉らへて離れぬに、美登利は

が聞いたりすると私が叱かられるから。親でさえ頭に手は上げないものを、長吉なんぞに草履の泥を額にぬられては、踏まれたも同じだから」と背ける顔がいとおしく「本当に堪忍しておくれ。みんなおれが悪い。だから謝る。機嫌を直してくれないか。お前に怒られるとおれが困るんだ」と話しているうちに、いつしか自分の家の裏近くに来ると「寄らないか美登利さん、誰も居はしない。お祖母さんも日掛けを集め（集金）に出ているし、おれだけでは淋しくてならない。いつか話した錦絵を見せるからお寄りなよ。いろいろのがあるから」と袖を捉えて離さないので、美登利は無言でうなずいた。侘びし

無言にうなづいて、佗びた折戸の庭口より入れば、広からねども鉢ものをかしく並びて、軒につり忍艸、これは正太が午の日の買物と見えぬ、理由しらぬ人は小首やかたぶけん町内一の財産家といふに、家内は祖母と此子二人、万の鍵に下腹冷えて留守は見渡しの総長屋、さすがに錠前くだくもあらざりき、正太は先へあがりて風入りのよき場処を見たてて、此処へ来ぬかと団扇の気あつかひ、十三の子供にはませ過ぎてをかし。古くより持つたへし錦絵かずかず取出し、褒めらるるを嬉しく美登利さん昔しの羽子板を見せよう、これは己れの母さ

い折戸の庭口から入ると、広くはないが鉢植えが面白く並び、軒の吊り忍艸草は正太が午の日に買ったものと見えた。わけを知らない人は小首をかしげるだろう。町内一の財産家というのに、家の内には祖母とこの子二人であった。祖母はあまりに多い鍵を下腹が冷えるほど身につけているが、留守中でも見渡すと全て自分のうちが貸している長屋なので、さすがに錠前を砕く者もいないのだろう。正太は先に上がって風入りのよい所を見たてると「ここへ来ないか」と団扇の気使いをみせた。十三の子どもにしてはませ過ぎていて面白い。古くから持ち伝えている錦絵の数々を取り出し、褒められるのが嬉しく「美

んがお邸に奉公してゐる頃いただいたのだとさ、をかしいでは無いかこの大きい事、人の顔も今のとは違ふね、あゝこの母さんが生きてゐると宜いが、己れが三つの歳死んで、お父さんは在るけれど田舎の実家へ帰つてしまつたから今は祖母さんばかりさ、お前は浦山しいねと無端に親の事を言ひ出せば、それ絵がぬれる、男が泣く物では無いと美登利に言はれて、己れは気が弱いのかしら、時々種々の事を思ひ出すよ、まだ今時分は宜いけれど、冬の月夜なにかに田町あたりを集めに廻ると土手まで来て幾度も泣いた事がある、何さむい位で

登利さん、昔の羽子板を見せよう。これはおれの母さんがお邸に奉公している頃に頂いたのだとさ。おかしいではないか、この大きいこと。人の顔も今のとは違うね。あぁこの母さんが生きているとよかったが、おれが三つの年に死んでさぁ。お父さんはいるけれど田舎の実家へ帰ってしまったから、今は祖母さんだけさ。お前がうらやましいね」とやたらに親の事を言い出すと「それ絵が濡れる。男が泣くものではない」と美登利に言われて「おれは気が弱いのかしら。時々いろいろの事を思い出すよ。まだ今時分はいいけれど、冬の月夜なんかに田町（浅草田町）あたりに集金に回ると、土手（日本堤）まで来て幾度も泣いた事がある。なに、寒

泣きはしない、何故だか自分も知らぬが種々の事を考へるよ、ああ一昨年から己れも日がけの集めに廻るさ、祖母さんは年寄りだからそのうちにも夜るは危ないし、目が悪るいから印形を押たり何かに不自由だからね、今まで幾人も男を使つたけれど、老人に子供だから馬鹿にして思ふやうには動いてくれぬと祖母さんが言つてゐたつけ、己れがもう少し大人に成ると質屋を出さして、昔しの通りでなくとも田中屋の看板をかけると楽しみにしてゐるよ、他処の人は祖母さんを吝だと言ふけれど、己れの為に倹約してくれるのだから気の毒でな

いくらいで泣きはしない。何故だか自分もわからないが、色々の事を考えるよ。ああ一昨年からおれも日掛けの集めに回るのさ。祖母さんは年寄りだからそのうちに夜は危なくなるし、目が悪いから印鑑を押したりなんかに不自由だからね。今まで幾人も男を使ったけれど、年寄りに子どもだから、馬鹿にして思うようには動いてくれぬと祖母さんが言っていたっけ。おれがもう少し大人になったら、質屋を出させて、昔の通りでなくとも田中屋の看板を掛けると楽しみにしているよ。よその人は祖母さんを吝だと言うけれど、おれの為に倹約してくれるのだから気の毒でならない。集金に行く家でも通新町や何かに随分可愛想な家が

らない、集金に行くうちでも通新町や何かに随分可愛想なのが有るから、さぞお祖母さんを悪るくいふだらう、それを考へると己れは涙がこぼれる、やつぱり気が弱いのだね、今朝も三公の家へ取りに行つたら、奴め身体が痛い癖に親父に知らすまいとして働いてゐた、それを見たら己れは口が利けなかつた、男が泣くてへのは可笑しいでは無いか、だから横町の野蕃漢に馬鹿にされるのだと言ひかけて我が弱いを耻かしさうな顔色、何心なく美登利と見合す目つきの可愛さ。お前の祭の姿は大層よく似合つて浦山しかつた、私も男だとあんな風がし

あるから、さぞお祖母さんを悪く言うだろう。それを考えるとおれは涙がこぼれる。やっぱり気が弱いのだね。今朝も三公（三五郎）の家へ取りに行ったら、奴め身体が痛い癖に親父に知らすまいとして働いていた。それを見たらおれは口が利けなかった。男が泣くのはおかしいでしょ。だから横町の野蕃漢に馬鹿にされるんだ」と言いかけて、自分が弱いのを恥ずかそうな顔色、何とはなしに美登利と見合せる目つきの可愛いさ。「お前の祭の姿は大層よく似合っていて、うらやましかった。私も男だったらあんな格好をしてみたい。誰よりもよく見えた」と賞められて「なんだおれなんぞ、お前こそ美くしいじゃん。廓内の大巻さん（姉の源

て見たい、誰れのよりも宜く見えたと賞められて、何だ己れなんぞ、お前こそ美くしいや、廓内の大巻さんよりも奇麗だと皆がいふよ、お前が姉であつたら己れはどんなに肩身が広かろう、何処へゆくにも追従て行つて大威張りに威張るがな、一人も兄弟が無いから仕方が無い、ねへ美登利さん今度一処に写真を取らないか、我れは祭りの時の姿で、お前は透綾のあら縞で意気な形をして、水道尻の加藤でうつさう、龍華寺の奴が浦山しがるやうに、本当だぜ彼奴はきつと怒るよ、真青に成つて怒るよ、にゑ肝だからね、赤くはならない、それとも

氏名＝遊女名）よりも奇麗だと皆が言うよ。お前が姉であったらおれはどんなに肩身が広かろう。何処へ行くにもついて行って、大威張りに威張るがな。一人も兄弟が無いから仕方が無い。ねえ美登利さん、今度一緒に写真を取らないか。おれは祭りの時の姿で、お前は透綾（薄い着物）のあら縞で粋な形をして。水道尻の加藤写真館で写そう。龍華寺の奴がうらやましがるようにさぁ。本当だぜ、あいつはきっと怒るよ。真っ青になって怒るよ。腸が煮えくり返るタイプだからね。赤くはならない。それとも笑うかしら、笑われても構わない。大きく取ってもらって写真屋の看板に出たらいいな。お前は嫌かい、嫌のような顔だもの」と恨めしが

笑ふかしら、笑はれても搆はない、大きく取つて看板に出たら宜いな、お前は嫌やかへ、嫌やのやうな顔だものと恨めるもをかしく、変な顔にうつるとお前に嫌らはれるからとて美登利ふき出して、高笑ひの美音に御機嫌や直りし。

朝冷はいつしか過ぎて日かげの暑くなるに、正太さん又晩によ、私の寮へも遊びにお出でな、燈籠ながして、お魚追ひましよ、池の橋が直つたれば怕い事は無いと言ひ捨てに立出る美登利の姿、正太うれしげに見送つて美くしと思ひぬ。

るのも面白かった。「変な顔に写るとお前に嫌われるからやめようか」と言うと、美登利は吹き出して高笑いし、その美音に御機嫌は直ったことがわかったようだ。

朝の冷しさはいつしか過ぎて日差しが暑くなったので「正太さん、また晩に会おうよ。私の寮へも遊びにおいでな。燈籠流しをして、お魚追いましょ。池の橋が直ったので恐いことは無い」と言い捨て立って出ていった美登利の姿を、正太は嬉しげに見送って、美くしいと思ったのだった。

七

龍華寺の信如、大黒屋の美登利、二人ながら学校は育英舎なり、去りし四月の末つかた、桜は散りて青葉のかげに藤の花見といふ頃、春季の大運動会とて水の谷の原にせし事ありしが、つな引、鞠なげ、縄とびの遊びに興をそへて長き日の暮るるを忘れし、その折の事とや、信如いかにしたるか平常の沈着に似ず、池のほとりの松が根につまづきて赤土道に手をつきたれば、羽織の袂も泥に成りて見にくかりしを、居あはせたる美登利みかねて我が紅の絹はんけち

七

龍華寺の信如、大黒屋の美登利、二人とも学校は育英舎である。かつて四月の末の時節、桜は散って青葉のかげに藤の花見をする頃、春季の大運動会を水の谷の原（台東区竜泉）でしたことがあった。つな引、鞠なげ、縄とびの遊びを楽しんで、長い日が暮れるのを忘れた、その折の事だという。信如はどうしたことか平せいの落ちつきに似ず、池のほとりの松の根につまずいて、赤土道に手をついたのだ。羽織の袂も泥だらけになって見苦しいのを、居合わせた美登利が見かねて、自分の紅の絹ハンケチを取り出し「これでお拭きな

を取出し、これにてお拭きなされと介抱をなしけるに、友達の中なる嫉妬や見つけて、藤本は坊主のくせに女と話をして、嬉しさうに礼を言つたは可笑しいでは無いか、大方美登利さんは藤本の女房になるのであらう、お寺の女房なら大黒さまと言ふのだなどと取沙汰しける、信如元来かかる事を人の上に聞くも嫌ひにて、苦き顔して横を向く質なれば、我が事として我慢のなるべきや、それよりは美登利といふ名を聞くごとに恐ろしく、又あの事を言ひ出すかと胸の中もやくやして、何とも言はれぬ厭やな気持なり、さりながら事ごとに怒りつける

さい」と介抱したところ、友達の中にいる嫉妬屋が見つけて「藤本は坊主のくせに女と話をして、嬉しそうに礼を言うなんておかしいではないか。おおかた美登利さんは藤本の女房になるのであろう。お寺の女房になるから大黒さまと言うのだな」などと取り沙汰した。信如は元来このような事を他人事でも聞くのが嫌いで、苦い顔して横を向く性質だから、自分の事として我慢がなるはずがない。それ以来、美登利という名を聞くごとに恐ろしく、友達がまたあの事を言い出すかと胸の中はもやもやして、何とも言えない嫌な気持ちだった。しかし事があるたびに怒りつける訳にも行かないので、なるべく知らないふりをして、平気を装って、

訳にもゆかねば、なるだけは知らぬ躰をして、平気をつくりて、むづかしき顔をして遣り過ぎる心なれど、さし向ひて物などを問はれたる時の当惑さ、大方は知りませぬの一ト言にて済ませど、苦しき汗の身うちに流れて心ぼそき思ひなり、美登利はさる事も心にとまらねば、最初は藤本さん藤本さんと親しく物いひかけ、学校退けての帰りがけに、我れは一足はやくて道端に珍らしき花などを見つくれば、おくれし信如を待合して、これこんなうつくしい花が咲てあるに、枝が高くて私には折れぬ、信さんは背が高ければお手が届きましよ、後生折

難しい顔をしてやり過ごすつもりでいた。しかし美登利に面と向かって言われると当惑し、おおかたは「知りませぬ」のひと言で済ませるが、苦しい汗が身の内に流れて、心細い思いがした。美登利はそのような事も心にとめないので、初めは「藤本さん、藤本さん」と親しく話しかけ、学校を退出して帰りがけに、自分は一足早く歩いて道端に珍しい花などを見つければ、遅れる信如を待ち合わせて「これ、こんなうつくしい花が咲いているのに、枝が高くて私には折れぬ。信さんは背が高いから手が届くでしょ。お願い折って下さい」と一群れの中では年長であるのを見込んで頼めば、さすがに信如も袖を振り切って行き過ぎる事もでき

つて下されと一むれの中にては年長なるを見かけて頼めば、さすがに信如袖ふり切りて行すぎる事もならず、さりとて人の思はくいよいよ愁らければ、手近の枝を引寄せて好悪かまはず申訳ばかりに折りて、投つけるやうにすたすたと行過ぎるを、さりとは愛敬の無き人と惘れし事も有しが、度かさなりての末には自ら故意の意地悪のやうに思はれて、人にはさもなきに我れにばかり愁らき処為をみせ、物を問へば碌な返事した事なく、傍へゆけば逃げる、はなしを為れば怒る、陰気らしい気のつまる、どうして好いやら機嫌の取りやうも無い、あの

ない。かといって周囲の思惑を想像するとますます辛いので、手近の枝を引き寄せて好悪も構わず申訳ばかりに折って、投げ付けるようにすたすたと行き過ぎるのだった。それを「なんとも愛敬の無い人」と呆れた事もあったが、度かさなってくると自らわざと意地悪しているように思えてきた。「他の人にはそうでもないのに自分にばかりつらい仕打ちをみせ、物を問えば碌な返事しかした事がなく、傍へゆけば逃げる。話をすれば怒る。陰気で気がつまる。どうしてよいのやら機嫌の取りようも無い。あのような気難かし屋は思い通りに捻くれて怒って意地悪がしたいだろうから、友達と思わなければ口を利く必要もないわ」と美登利

やうなむづかしやは思ひのままに捻れて怒つて意地わるが為たいならんに、友達と思はずは口を利くも入らぬ事と美登利少し疳にさはりて、用の無ければ摺れ違ふても物いふた事なく、途中に逢ひたりとて挨拶など思ひもかけず、唯いつとなく二人の中に大川一つ横たはりて、舟も筏も此処には御法度、岸に添ふておもひおもひの道をあるきぬ。

祭りは昨日に過ぎてそのあくる日より美登利の学校へ通ふ事ふつと跡たえしは、問ふまでも無く額の泥の洗ふても消えがたき恥辱を、身にしみて口惜しければぞか

は少し疳に触って、用が無ければ擦れ違っても物を言う事もなく、道の途中で会ったところで挨拶もろくにしない。ただいつとなく二人の間に大きな川が一つ横たわっているようで、舟も筏もここでは御法度で、川岸に添って思い思いの道を歩くしかなかったのだ。

祭りは昨日で終わり、そのあくる日から美登利が学校へふつと通わなくなったのは、問うまでも無く、額の泥の洗っても消えがたい恥辱を、身に沁みて口惜しいからである。表町といっても横町といっても、同じ教室におし並べれば友達に変わりは無いはずだ。おかしな分け隔てで常日頃から意地を張り合っている。自分が女で

し、表町とて横町とて同じ教場におし並べば朋輩に変りは無き筈を、をかしき分け隔てに常日頃意地を持ち、我れは女の、とても敵ひがたき弱味をば付目にして、まつりの夜の処為はいかなる卑怯ぞや、長吉のわからずやは誰れも知る乱暴の上なしなれど、信如の尻おし無くはあれほどに思ひ切りて表町をば暴し得じ、人前をば物識らしく温順につくりて、陰に廻りて機関の糸を引しは藤本の仕業に極まりぬ、よし級は上にせよ、学は出来るにせよ、龍華寺さまの若旦那にせよ、大黒屋の美登利紙一枚のお世話にも預からぬ物を、あのやうに乞食呼

ある、とてもかなわない弱味に目を付けて、祭りの夜の仕打ちはどんなに卑怯であるか。長吉のわからず屋は誰もが知る通り乱暴この上なしであるが、信如の後押しが無ければ、あれほどに思い切って表町を荒すこともできまい。人前では物識りらしくすなおにつくろって、陰に回って絡繰りの糸を引いたのは藤本の仕業に決まっている。たとえ級は上にせよ、勉強は出来るにせよ、龍華寺さまの若旦那にせよ、大黒屋の美登利は紙一枚のお世話に預かったこともないのに、あのように乞食呼ばわりされる理由は無い。龍華寺はどれほど立派な檀家があるか知らないが、私の姉さまの三年以上の馴染み客に

はりして貰ふ恩は無し、龍華寺はどれほど立派な檀家ありと知らねど、我が姉さま三年の馴染に銀行の川様、兜町の米様もあり、議員の短小さま根曳して奥さまにと仰せられしを、心意気に入らねば姉さま嫌ひてお受けはせざりしが、あの方とても世には名高きお人と遣手衆の言はれし、嘘ならば聞いて見よ、大黒やに大巻の居ずはあの楼は闇とかや、さればお店の旦那とても父さん母さん我が身をも粗略には遊ばさず、常々大切がりて床の間にお据へなされし瀬戸物の大黒様をば、我れいつぞや坐敷の中にて羽根つくとて騒ぎし時、同じく並

は銀行の川様、兜町（証券会社）の米様もいる。小さい議員のお方が「根曳（身請け）して奥様に」とおっしゃったのを、心意気が気に入らないので姉さまが嫌ってお受けしなかったが、あの方だってとても世に名高いお人と遣手衆（世話役の年配女性）が言ったものだ。嘘と思うならば聞いて見よ、大黒屋に大巻（姉）がいなければ、あの楼は闇というではないか。だからお店の旦那とても、父さん母さん私の身をも粗略（いい加減）にはしないのだ。常々大切にして床の間にお据えになった瀬戸物の大黒様を、私がいつか坐敷の中で羽根突きをするといって騒いだ時、同じく並んだ花瓶を倒し、散々に傷をつけたが、

びし花瓶を仆し、散々に破損をさせしに、旦那次の間に御酒めし上りながら、美登利お転婆が過ぎるのと言はれしばかり小言は無かりき、他の人ならば一通りの怒りでは有るまじと、女子衆達にあとあとまで羨まれしも必竟は姉さまの威光ぞかし、我れ寮住居に人の留守居はしたりとも姉は大黒屋の大巻、長吉風情に負けを取るべき身にもあらず、龍華寺の坊さまにいぢめられんは心外と、これより学校へ通ふ事おもしろからず、我ままの本性あなどられしが口惜しさに、石筆を折り墨をすて、書物も十露盤も入らぬ物にして、中よき友と埒も無く遊

旦那は控えの間で御酒を召し上りながら「美登利お転婆が過ぎるの」と言われただけで、小言は無かったものだ。他の人ならば一通りの怒りではあるまいと、女子衆達に後々まで羨ましがられたのも、必竟（最後）は姉さまの威光なのだ。私は寮住まいで留守番役をしているといえども、姉は大黒屋の大巻、長吉風情に負けを取るような身ではない。龍華寺の坊さまにいじめられるのは心外と、これ以来学校へ通う事がおもしろくなく、我が儘の本性が現れ、侮られた口惜しさに、石筆（蝋石鉛筆）を折り墨を捨て、書物も十露盤も要らぬものにして、ただ仲のよい友達と埒も無く（お咎めなく）遊んでいた。

びぬ。

八

走れ飛ばせの夕べに引かへて、明けの別れに夢をのせ行く車の淋しさよ、帽子まぶかに人目を厭ふ方様もあり、手拭とつて頬かふり、彼女が別れに名残の一撃、いたさ身にしみて思ひ出すほど嬉しく、うす気味わるやにたにたの笑ひ顔、坂本へ出ては用心し給へ千住がへりの青物車にお足元あぶなし、三嶋様の角までは気違ひ街道、御顔のしまり何れも緩るみて、はばかり

八

車に「走れ」「飛ばせ」と頼み込む夕方に比べ、夜明けに別れた後、夢をのせ行く車の淋しさよ。帽子を目深に人目を厭う殿方もあり、手拭いで頬かぶりをし、女が別れ際にくだした名残の一撃（手でポン）の痛さ身に沁みて、思い出すほど嬉しく、薄気味悪くにたにたの笑い顔がある。坂本通りに出たら用心なさい、千住帰りの青物車でお足元が危ないよ。三嶋神社の角までは気違い街道だ。お顔の締まりがいずれも緩んで、憚り（失礼）ながらお鼻の下を長々とお見せなさ

ながら御鼻の下ながながと見えさせ給へば、そんじよ其処らにそれ大した御男子様とて、分厘の価値も無しと、辻に立ちて御慮外を申もありけり。楊家の娘君寵をうけてと長恨歌を引出すまでもなく、娘の子は何処にも貴重がらるる頃なれど、このあたりの裏屋より赫奕姫の生るる事その例多し、築地の某屋に今は根を移して御前さま方の御相手、踊りに妙を得し雪といふ美形、唯今のお座敷にてお米のなります木はと至極あどけなき事は申とも、もとは此町の巻帯党にて花がるたの内職せしものなり、評判はその頃に高く去るもの日々に

れば、そんじょそこらで「それ、大した御男子様といえども、分厘（何割何分何厘の分厘）の値打ちも無し」と、辻（交差点）に立って御無礼なことを申す者もいた。「楊家の娘君（楊貴妃）、寵愛を受けて」と長恨歌（漢詩）を引き出すまでもなく、娘の子はどこでも貴重がられる年頃であるが、このあたりの裏屋から赫奕姫が生れること、その例は多い。現在築地の何とか屋に根拠地を移して御前様方（尊い方）の御相手をしている、踊りに妙を得た雪という美形は、ただいまのお座敷で「お米のなります木は」と至極あどけない事は申すけど、もとはこの町の巻帯党（帯を結ばずに巻くだけの女達）で花がるた（花札）の内職をしていた者だ。評判はその頃は高かったが、去ってしまってからは日々疎

疎ければ、名物一つかげを消して二度目の花は紺屋の乙娘、今千束町に新つた屋の御神燈ほのめかして、小吉と呼ばるる公園の尤物も根生ひは同じ此処の土成し、あけくれの噂にも御出世といふは女に限りて、男は塵塚さがす黒斑の尾の、ありて用なき物とも見ゆべし、この界隈に若い衆と呼ばるる町並の息子、生意気ざかりの十七八より五人組七人組、腰に尺八の伊達はなけれど、何とやら厳めしき名の親分が手下につきて、揃ひの手ぬぐひ長提燈、賽ころ振る事おぼえぬうちは素見の格子先に思ひ切つての串談も言ひがたしとや、真面目につと

遠になってしまった。名物の花が一つ影を消して、二度目の花は紺屋の乙娘（次女）で、今は千束町で新つた屋の御神燈（縁起のいい芸者屋の灯）をいただいて小吉と呼ばれている。浅草公園の稀者（稀な美人）も、根生い（生まれ）は同じくこの土地で育った。明け暮れの噂話も、御出世するのは女に限ったことで、男はごみ溜めをさがす黒斑の尾の犬のように、いても用なしと見られている。この界隈で若い衆と呼ばれる町並の息子たちは、生意気盛りの十七、八の頃から五人組七人組でつるみ、腰に尺八を差す伊達さはないけれど、何とやら厳めしい名の親分の手下について、揃いの手ぬぐいに長提燈を持って歩く。賽子を振ることを覚えぬうちは、冷やかし（見物人）の格子先で思い切った冗談も言うこと

むる我が家業は昼のうちばかり、一風呂浴びて日の暮れゆけば突かけ下駄に七五三の着物、何屋の店の新妓を見たか、金杉の糸屋が娘に似てもう一倍鼻がひくいと、頭脳の中をこんな事にこしらへて、一軒ごとの格子に烟草の無理どり鼻紙の無心、打ちつ打たれつこれを一世の誉と心得れば、堅気の家の相続息子地廻りと改名して、大門際に喧嘩かひと出るもありけり、見よや女子の勢力と言はぬばかり、春秋しらぬ五丁町の賑ひ、送りの提燈いま流行らねど、茶屋が廻女の雪駄のおとに響き通へる歌舞音曲、うかれうかれて入込む人の何を

もできないようだ。真面目につとめる自分の家業は昼のうちばかり、ひと風呂浴びて日が暮れ行けば、突っかけ下駄に七五三の着物（七・五・三寸に着崩した着物）姿で「何屋の店の新妓を見たか、金杉（通り）の糸屋の娘に似て、もう一倍鼻がひくい」と、頭の中がこんなことで一杯で吉原に行く。一軒ごとの格子の前で声を掛け、烟草を無理に取ったり鼻紙の無心（ちょうだい）したり、ふざけて打ったり打たれたり、こうしてちやほやされるのを一世の誉れと思っている。堅気の家の相続息子が地回り（ならず者）と名を変えて、大門の近くに喧嘩を買いに出ることもあった。そんな男達に比べて「見よ、女の勢いを」と言わんばかりに、四季を通じて五丁町は賑っている。送迎の提燈は今は流行ってないが、茶

目当と言問はば、赤ゑり赭熊に裲襠の裾ながく、につと笑ふ口元目もと、何処が美いとも申がたけれど華魁衆とて此処にての敬ひ、立はなれては知るによしなし、かかる中にて朝夕を過ごせば、衣の白地の紅に染む事無理ならず、美登利の眼の中に男といふ者さつても怕からず恐ろしからず、女郎といふ者さのみ賤しき勤めとも思はねば、過ぎし故郷を出立の当時ないて姉をば送りしこと夢のやうに思はれて、今日この頃の全盛に父母への孝養うらやましく、お職を徹す姉が身の、憂いの愁らいの数も知らねば、まち人恋ふる鼠なき格子の咒文、別れ

屋から客を案内する女の雪駄の音や、響きわたる歌舞音曲の音がする。浮かれ浮かれて吉原に入り込む人に何が目当てかと尋ねたら「赤えりで、赭熊（縮毛の髪型）で、裲襠の裾が長く、にっと笑う口もと目もと、どこが美しいと簡単に言いえない魅力がある花魁衆」と答えるが、ここでは敬われているが、ここを離れたらどうなるだろう。このような中で朝夕を過すので、衣の白地に紅が染み込むように人が染まるのも無理はない。美登利の眼の中には、男というものがそこまで怖くなく恐ろしくもない。女郎（遊女）というものをそこまで賤しい勤めとも思わないので、かつて姉が故郷を出立した当時、泣いている姿を見送ったことが夢じゃないか思われる。今日この頃の姉の全盛に姉が父母へ親孝行を尽く

の背中に手加減の秘密まで、唯おもしろく聞なされて、廓ことばを町にいふまで去りとは耻かしからず思へるも哀なり、年はやうやう数への十四、人形抱いて頬ずりする心は御華族のお姫様とて変りなけれど、修身の講義、家政学のいくたても学びしは学校にてばかり、誠あけくれ耳に入りしは好いた好かぬの客の風説、仕着せ積み夜具茶屋への行わたり、派手は美事に、かなはぬは見すぼらしく、人事我事分別をいふはまだ早し、幼な心に目の前の花のみはしるく、持まへの負けじ気性は勝手に馳せ廻りて雲のやうな形をこしらへぬ、気違ひ街道、

すのがうらやましく、職業に徹する姉の苦労や辛さの数も知らないので、お客を誘う鼠鳴き（甲高い掛け声）や格子の客寄せ言葉、別れ際に客の背中を叩く手加減の極意まで、ただおもしろく見聞きしていた。廓言葉を町で言うことまで、それほど恥ずかしくないと思っているのも哀れだ。美登利はようやく数えの十四、人形を抱いて頬擦りする心は御華族のお姫様と変わりない。しかし修身（道徳）の講義や家政学（家庭科）等をいくつかしか学校で学んでないのに、明け暮れ耳に入るのは、好いた好かぬの客の噂話、お仕着せ（ボーナス）、積み夜具（客からの贈答品寝具）、茶屋への行渡り（贈り物）で、派手なものは「お見事」、そうでないものは「見すぼらしい」とけなす。他人の事も自分の

寝ぼれ道、朝がへりの殿がた一順すみて朝寝の町も門の箒目青海波をゑがき、打水よきほどに済みし表町の通りを見渡せば、来るは来るは、万年町山伏町、新谷町あたりを塒にして、一能一術これも芸人の名はのがれぬ、よかよか飴や軽業師、人形つかひ大神楽、住吉をどりに角兵衛獅子、おもひおもひの扮粧して、縮緬透綾の伊達もあれば、薩摩がすりの洗ひ着に黒襦子の幅狭帯、よき女もあり男もあり、五人七人十人一組の大たむろもあれば、一人淋しき痩せ老爺の破れ三味線かかへて行くもあり、六つ五つなる女の子に赤襷させて、あれは紀

事も分かったようなことを言うにはまだ早いが、幼な心にも目の前の華やかさだけは明らかにわかる。持ち前の負けじ気性が勝手に突っ走って、大きな雲のような形になった。俗に「気違い街道、寝呆れ（け）道」と言われる道に、朝帰りの殿方がひと通り過ぎた。朝寝ぼうの町も門を箒目で青海波（波状）に描き、打ち水もいい感じに済んでいる表町の通りを見渡せば、来るは来るは、万年町や山伏町、新谷町あたりをねぐらにしている一能一術を持った彼らにはみな芸人名が付いている。「よかよか飴屋に軽業師」「人形使いに大神楽」「住吉踊りに角兵衛獅子」、思い思いのいでたちをして、縮緬透綾の伊達者もいれば、薩摩絣の洗い着に黒襦子の幅狭帯のいい女もあり男もあり、五人七人十人一組の大集団

の国おどらするも見ゆ、お顧客は廓内に居つづけ客のなぐさみ、女郎の憂さ晴らし、彼処に入る身の生涯やめられぬ得分ありと知られて、来るも来るも此処らの町に細かしき貰ひを心に止めず、裾に海草のいかがはしき乞食さへ門には立たず行過るぞかし、容貌よき女太夫の笠にかくれぬ床しの頬を見せながら、喉自慢、腕自慢、あれあの声をこの町には聞かせぬが憎くしと筆やの女房舌うちして言へば、店先に腰をかけて往来を眺めし湯がへりの美登利、はらりと下る前髪の毛を黄楊の櫛にちやつと掻きあげて、伯母さんあの太夫さん呼んで来

もあれば、一人淋しい痩せ老爺が破れ三味線を抱えて行くのもあり、六つ五つ位の女の子に赤襷させて「あれは紀の国」（曲名）を踊らせる姿も見える。お得意様は、廓内に居続ける常連客のなぐさみ（気晴らし）と、女郎の憂さ晴らしだ。あそこ（吉原）に入れば生涯やめられぬ稼ぎがあることは知られていて、来る芸人来る芸人が、周囲の町での細かい貰い（稼ぎ）は心に止めず、着物の裾が海草のようになったみすぼらしい乞食さえ、吉原以外の家の門には立たず行き過ぎることよ。器量の良い女太夫（芸人）が笠を取ってきれいな頬を見せながら通り過ぎた。「吉原では喉自慢、腕自慢しているが、あの腕や、あの声を、この町では聞けないのは憎らしい」と筆屋の女房が舌打ちして言うと、店先に腰を掛けて、

ませうとて、はたはた駆けよつて袂にすがり、投げ入れし一品を誰れにも笑つて告げざりしが好みの明烏さらりと唄はせて、又御贔負をの嬌音これたやすくは買ひがたし、あれが子供の処業かと寄集りし人舌を巻いて太夫よりは美登利の顔を眺めぬ、伊達には通るほどの芸人を此処にせき止めて、三味の音、笛の音、太鼓の音、うたはせて舞はせて人の為ぬ事して見たいと折ふし正太にささやいて聞かせれば、驚いて呆れて己らは嫌やだな。

往来を眺めていたお風呂帰りの美登利が、はらりと下りる前髪の毛をつげの鬢櫛でちゃっと掻きあげて「伯母さん、あの太夫さん呼んで来ましょう」といってはたはた駆け寄って袂に縋り、投げ入れたひと品（金額）を誰にも笑って言わなかったが、自分の好みの明烏（演目名）をさらりと歌わせて「また御贔負を」となまめかしい声。普通は簡単には買えないものだ。「あれが子どものしわざか」と寄り集まった人は舌を巻いて、太夫よりは美登利の顔を眺めていた。「粋なことをするのなら、通る限りの芸人をここにせき止めて、三味の音、笛の音、太鼓の音、歌わせて舞わせて、人のしない事がして見たい」と美登利が折に触れて正太に囁いて聞くと、驚いて呆れて「おいらは嫌だな。」

九

如是我聞、仏説阿弥陀経、声は松風に和して心のちりも吹払はるべき御寺様の庫裏より生魚あぶる烟なびきて、卵塔場に嬰子の襁褓ほしたるなど、お宗旨によりて搆ひなき事なれども、法師を木のはしと心得たる目よりは、そぞろに腥く覚ゆるぞかし、龍華寺の大和尚身代と共に肥へ太りたる腹なり如何にも美事に、色つやの好きこと如何なる賞め言葉を参らせたらばよかるべき、桜色にもあらず、緋桃の花でもなし、剃りたてたる頭より顔より首筋にいたるま

九

「如是我聞、仏説阿弥陀経」とお経の声は松風と合わさり、心の塵も吹き払われるはずのお寺様の庫裏から、生魚をあぶる煙がなびいて、卵塔婆（墓地）に赤ん坊のおむつを干してあるなど、宗派によって魚は食べないはずだが、法師を木のはし（非人間的なもの）と心得ている目からは、やたらと生臭く思えることよ。龍華寺の大和尚は財産と同じく肥え太った腹であり、いかにも見事で、色艶のよいことはどのような賞め言葉を申し上げればよいかわからないほどだ。桜色でもなく、緋桃の花でもなく、剃りたての頭から顔から首筋に至るま

で銅色の照りに一点のにごりも無く、白髪もまじる太き眉をあげて心まかせの大笑ひなさるる時は、本堂の如来さま驚きて台座より転び落給はんかと危ぶまるるやうなり、御新造はいまだ四十の上を幾らも越さで、色白に髪の毛薄く、丸髷も小さく結ひて見ぐるしからぬまでの人がら、参詣人へも愛想よく門前の花屋が口悪る嚊もとかくの蔭口を言はぬを見れば、着ふるしの裕衣、総菜のお残りなどおのづからの御恩も蒙るなるべし、もとは檀家の一人成しが早くに良人を失なひて寄る辺なき身の暫時ここにお針やとひ同様、口さへ濡らさせて下さら

で、銅色の照りに一点のにごりも無い。白髪混じりの太い眉をあげて心任せの大笑いをなさる時は、本堂の如来さまが驚いて台座から転び落ちなさるかと危ぶまれるようである。御新造（若妻）はまだ四十の上を幾らも越さないで、色白で髪の毛薄く、丸髷も小さく結って見苦しくないような人柄だ。参詣人へも愛想よく、門前の花屋の口悪母さんも、とかく陰口を言わないのを見れば、着古しの裕衣、総菜のお残りなど、おそらく御恩も蒙っているのだろう。もとは檀家の一人だったが、早くに夫を失って身を寄せる場所がなく「しばらくここにお針雇いしてもらえませんか。口さえ濡らさせて下されば助かります」と洗濯から始まって料理

ばとて洗ひ濯ぎよりはじめてお菜ごしらへは素よりの事、墓場の掃除に男衆の手を助くるまで働けば、和尚さま経済より割出しての御不憫かかり、年は二十から違うて見ともなき事は女も心得ながら、行き処なき身なれば結句よき死場処と人目を耻ぢぬやうに成りけり、にがにがしき事なれども女の心だて悪るからねば檀家の者もさのみは咎めず、総領の花といふを懐胎し頃、檀家の中にも世話好きの名ある坂本の油屋が隠居さま仲人といふも異な物なれど進めたてて表向きのものにしける、信如もこの人の腹より生れて男女二人の同胞、一人は

はもとより、墓場の掃除に男衆の手を助けるまで働くので、和尚さまが経済面からも大変だろうと不憫に思い、年が二十以上違ってみっともないと女なら思うかもしれないけど、行きどころない身なので結局よい死に場所にと、人目を恥じないようになったわけだ。苦々しい事であるが、女のきだてが悪くないので檀家の者もそこまでは咎めず、上の子の花というのを懐妊した頃、檀家の中でも世話好きと言われる坂本の油屋のご隠居さまが、仲人というのも妙なものであるが、しきりに進めて表向きを整えたのだった。信如もこの人の腹から生れて男女二人の姉弟、一人は典型的な変屈者で一日中部屋の中でまじまじして陰気らしい生まれつきだが、

如法の変屈ものにて一日部屋の中にまぢまぢと陰気らしき生れなれど、姉のお花は皮薄の二重腮かわゆらしく出来たる子なれば、美人といふにはあらねども年頃といひ人の評判もよく、素人にして捨てて置くは惜しい物の中に加へぬ、さりとてお寺の娘に左り褄、お釈迦が三味ひく世は知らず人の聞え少しは憚かられて、田町の通りに葉茶屋の店を奇麗にしつらへ、帳場格子のうちにこの娘を据へて愛敬を売らすれば、秤りの目はとにかく勘定しらずの若い者など、何がなしに寄つて大方毎夜十二時を聞くまで店に客のかげ絶えたる事なし、い

姉のお花は美しい肌の二重腮かわいらしく出来た子なので、美人というほどではないけれども、年頃といい人の評判もよく、芸者にせず素人にして放って置くには惜しい者の中に加えられるのだった。そうはいってもお寺の娘が左褄するのは（芸者は左手、女郎は右手で着物の褄を持ち上げて歩いたから芸者の意）、お釈迦様が三味線を弾く世ならばいざ知らず、人の評判が少しはきになる。田町（浅草田町）の通りに葉茶屋の店を奇麗につくり、帳場格子の内にこの娘を据えて愛敬を売らせると、秤りの目はともかくも勘定しらずの若者など、何とはなしに立ち寄って、おおかた毎夜十二時の知らせを聞くまで店に客の影が絶えたことがない。忙しいのは大

そがしきは大和尚、貸金の取たて、店への見廻り、法用のあれこれ、月の幾日は説教日の定めもあり帳面くるやら経よむやらかくては身躰のつづき難しと夕暮れの椽先に花むしろを敷かせ、片肌ぬぎに団扇づかひしながら大盃に泡盛をなみなみと注がせて、さかなは好物の蒲焼を表町のむさし屋へあらい処をとの誂へ、承りてゆく使ひ番は信如の役なるに、その嫌やなること骨にしみて、路を歩くにも上を見し事なく、筋向ふの筆やに子供づれの声を聞けば我が事を誹らるるかと情なく、そしらぬ顔に鰻屋の門を過ぎては四辺に人目の隙をうかがひ、

和尚だ。貸金の取り立て、店への見廻り、法用のあれこれ、月の幾日は説教日の定めもある。帳面を繰るやら経を読むやら。これでは身体が続かない、と夕暮れの縁先（縁側の先）に花むしろを敷かせ、片肌脱いで団扇を使いながら、大盃に泡盛をなみなみと注がせるのだった。肴は好物の蒲焼で、表町の武蔵屋で粗いところをと言って誂えさせる。言いつけられて行く使いは信如の役だが、その嫌なこと骨に沁みて、道を歩くにも上を見たことがなく、筋向こうの筆屋に子どもたちの声を聞けば「自分の事を悪く言われるのではないか」と情けなく思い、素知らぬ顔で鰻屋の門を過ぎては辺りに人目の無い隙をうかがい、立ち戻って駈け入る時の心

立戻って駈け入る時の心地、我身限って腥きものは食べまじと思ひぬ。

　父親和尚は何処までもさばけたる人にて、少しは欲深の名にたてども人の風説に耳をかたぶけるやうな小胆にては無く、手の暇あらば熊手の内職もして見やうといふ気風なれば、霜月の酉には論なく門前の明地に簪の店を開き、御新造に手拭ひかぶらせて縁喜の宜いのをと呼ばせる趣向、はじめは耻かしき事に思ひけれど、軒ならび素人の手業にて莫大の儲けと聞くに、この雑踏の中といひ誰れも思ひ寄らぬ事なれば日暮れよりは目にも立つまじと思案して、昼間は

地はいやだ。「自分に限っては腥いものは食べるまい」と思うのだった。

　父親の和尚はどこまでもさばけた人で、少しは欲深と言われるが、人の噂に耳を傾けるような小心者では無く、手の暇があれば熊手の内職もしてみようという気風だ。霜月の酉の日には無論、門前の空き地に簪の店を開き、御新造（若妻）に手拭いをかぶらせて「縁起の良いのはいかが」と呼ばせる趣向だ。御新造は初めは恥ずかしいと思ったが、軒並み素人の手仕事で莫大の儲けと聞けば、この雑踏の中といい、誰も自分とは気づかないだろう。日暮れからは目立つまいと考えて、昼間は花屋の女房に手伝わせ、夜に入ってはみずから下り立って

花屋の女房に手伝はせ、夜に入りては自身をり立て呼たつるに、欲なれやいつしか耻かしさも失せて、思はず声だかに負ましよ負ましよと跡を追ふやうに成りぬ、人波にもまれて買手も眼の眩みし折なれば、現在後世ねがひに一昨日来たりし門前も忘れて、簪三本七十五銭と懸直すれば、五本ついたを三銭ならばと直切つて行く、世はぬば玉の闇の儲はこのほかにも有るべし、信如はかかる事どもいかにも心ぐるしく、よし檀家の耳には入らずとも近辺の人々が思わく、子供仲間の噂にも龍華寺では簪の店を出して、信さんが母さんの狂気面して売つて

呼び立てていたら、欲が出てきたのだろうか、いつしか耻ずかしさも失せて、思わず声高に「負けましょ、負けましょ」と客の後を追うようになったのだった。人波にもまれて、買い手も眼が眩んでいる。今となっては、一昨日後世（来世）の願いにこの門前に来たのも忘れて「簪三本を七十五銭で」と高く掛け値されれば「五本で七十三銭ならば買うよ」と値切ってゆく。世の中にはぬば玉（黒の枕詞）のような闇の儲けが、これ以外にもあるだろうか。しかし信如はこのような事がいかにも心苦しく、かりに檀家の耳には入らずとも、近所の人々の思惑、子ども仲間の噂にも「龍華寺では簪の店を出して、信さんの母さんが狂ったように売ってい

ゐたなどと言はれもするやと耻かしく、そんな事はよしにしたが宜う御坐りませうと止めし事もありしが、大和尚大笑ひに笑ひすてて、黙つてゐろ、黙つてゐろ、貴様などが知らぬ事だわとて丸々相手にしてはくれず、朝念仏に夕勘定、そろばん手にしてにこにこと遊ばさるる顔つきは我親ながら浅ましくして、何故その頭をまろめ給ひしぞと恨めしくもなりぬ。

もとより一腹一対の中に育ちて他人交ぜずの穏かなる家の内なれば、さしてこの児を陰気ものに仕立あげる種は無けれども、性来おとなしき上に我が言ふ事の用ひられ

た」などと言われるかと思うと恥ずかしく「そんな事はやめにした方がようございましょう」と止めた事もあったが、大和尚は大笑いに笑い捨てて「黙っていろ、黙っていろ。貴様などの知らないことだわ」といって丸々相手にしてはくれない。朝の念仏に夕の勘定、そろばんを手にしてにこにこなさっている顔付きは、自分の親ながら浅ましくて「なぜその頭を丸めなさったのか」と恨めしくもなるのだった。

もとから一つの腹から生まれた姉と一対の夫婦の中で育って、他人が交らない穏やかな家の中であるから、さしてこの子を陰気者に仕立て上げる原因も無いけれども、生来おとなしい上に自分の言う事が用いられないのでとかくものがおもしろくな

ねばとかくに物のおもしろからず、父が仕業も母の所作も姉の教育も、悉皆あやまりのやうに思はるれど言ふて聞かれぬものぞと諦めればうら悲しきやうに情なく、友朋輩は変屈者の意地わると目ざせども自ら沈みゐる心の底の弱き事、我が蔭口を露ばかりもいふ者ありと聞けば、立出でて喧嘩口論の勇気もなく、部屋にとぢ籠つて人に面の合はされぬ臆病至極の身なりけるを、学校にての出来ぶりといひ身分がらの卑しからぬにつけて然る弱虫とは知る者なく、龍華寺の藤本は生煮えの餅のやうに真があつて気になる奴と憎がるものも有けらし。

い。父の仕業も母の所作も姉のしつけも、全て誤りのように思えるけれど、言っても聞かないものと諦めると、うら悲しいように情けない。友や朋輩（仲間）が変屈者の意地悪と見なしても、自然と沈み込む心の底の弱いこと。自分の陰口を少しでも言う者がいると聞けば、立ち出でて喧嘩口論の勇気もなく、部屋に閉じ籠って人に顔を合わすこともできない臆病至極の身であった。しかし、学校での出来ぶりといい、身分柄が卑しくないことにつけても、そのような弱虫とは知る者もなく、龍華寺の藤本は生煮えの餅のように芯があって気になる奴、と憎たらしがる者もあるのだった。

十

祭りの夜は田町の姉のもとへ使を吩附られて、更くるまで我家へ帰らざりければ、筆やの騒ぎは夢にも知らず、翌日になりて丑松文次その外の口よりこれこれであつたと伝へらるるに、今更ながら長吉の乱暴に驚けども済みたる事なれば咎めだてするも詮なく、我が名を仮りられしばかりつくづく迷惑に思われて、我が為したる事ならねど人々への気の毒を身一つに脊負たるやうの思ひありき長吉も少しは我が遣りそこねを耻かしう思ふかして、信如に逢はば小言

十

祭りの夜は浅草田町の姉のもとへ使いを言いつけられて、夜が更けるまで自分の家へ帰らなかったので、筆屋の騒ぎは夢にも知らなかった。翌日になって丑松や文次その他の口からこれこれであったと伝えられた。今更ながら長吉の乱暴に驚いたが、済んだことなので咎め立てしても仕方ない。自分の名を借りられたことばかりはつくづく迷惑に思え、自分がしたことではなくても、人々への気の毒を身一つに背負ったような思いがあった。長吉も少しは自分のやり損ねを恥ずかしく思って、信如に会えば小言を言われるだろうと、その後

やや聞かんとその三四日は姿も見せず、やや余炎のさめたる頃に信さんお前は腹を立つか知らないけれど時の拍子だから堪忍して置いてくんな、誰れもお前正太が明巣とは知るまいでは無いか、何も女郎の一疋位相手にして三五郎を擲りたい事も無かつたけれど、万燈を振込んで見りやあ唯も帰れない、ほんの附景気につまらない事をしてのけた、そりやあ己れが何処までも悪るいさ、お前の命令を聞かなかつたは悪るからうけれど、今怒られては法なしだ、お前といふ後だてが有るので己らあ大舟に乗つたやうだに、見すてられちまつては困るだら

三、四日は姿も見せず、ややほとぼりの冷めた頃に「信さん、お前は腹を立てるかもしれないけれど、時の拍子だから堪忍しておいてくれ。誰もお前、正太がいないとは知るまいではないか。何も女郎（美登利）の一匹くらい相手にして三五郎を殴りたい事も無かったけれど、万燈を振り込んでみりゃあ、ただでも帰れない。ほんの景気付けにつまらない事をしてのけた。そりゃあ、おれがどこまでも悪いさ。お前の言い付けを聞かなかったのは悪かろうけれど、今怒られては法なしだ。お前という後ろ盾があるのでおれぁは大船に乗った気分なのに、見捨てられちまっては困るだろう、じゃないか。嫌だとしてもこの組の大将でいてくんねえ

うじや無いか、嫌やだとつてもこの組の大将で居てくんねへ、さうどちばかりは組まないからとて面目なささうに謝罪られて見ればそれでも私は嫌やだとも言ひがたく、仕方が無い遣る処までやるさ、弱い者いぢめは此方の耻になるから三五郎や美登利を相手にしても仕方が無い、正太に末社がついたらその時のこと、決して此方から手出しをしてはならないと留めて、さのみは長吉をも叱り飛ばさねど再び喧嘩のなきやうにと祈られぬ。

　罪のない子は横町の三五郎なり、思ふさまに擲かれて蹴られてその二三日は立居も

か。そうどじばかり踏まないから」と面目無さそうに詫びられてみれば、「それでも私は嫌だ」とも言いがたく「仕方が無い、やるところまでやるさ。弱い者いじめはこっちの恥になるから、三五郎や美登利を相手にしても仕方が無い。正太に末社（取り巻き）がついたらその時のこと、決してこっちから手出しをしてはならない」と留め、そこまでは長吉をも叱り飛ばさないが、再び喧嘩がないようにと祈らずにはいられないのだった。

　罪のない子は横町の三五郎である。思うさま叩かれて蹴られて、その二、三日の間は立ったり座ったりも苦しかった。夕暮れごとに父親が空車を五十軒通りの茶屋の軒まで運ぶ折にさえ「三公は

苦しく、夕ぐれ毎に父親が空車を五十軒の茶屋が軒まで運ぶにさへ、三公はどうかしたか、ひどく弱つているやうだなと見知りの台屋に咎められしほど成しが、父親はお辞義の鉄とて目上の人に頭をあげた事なく廓内の旦那は言はずともの事、大屋様地主様いづれの御無理も御尤と受ける質なれば、長吉と喧嘩してこれこれの乱暴に逢ひましたと訴へればとて、それはどうも仕方が無い大屋さんの息子さんでは無いか、此方に理が有らうが先方が悪るからうが喧嘩の相手に成るといふ事は無い、謝罪て来い謝罪て来い途方も無い奴だと我子を

どうかしたか。ひどく弱っているようだな」と顔見知りの仕出し屋に咎められたほどだったが、父親は「お辞義の鉄」といって、目上の人に頭をあげた事がなく、廓内の旦那は言わずとも、大家様や地主様いずれの御無理も御尤と受ける性質なので「長吉と喧嘩してこれこれの乱暴に遭いました」と訴えたところで「それはどうも仕方が無い。大家さんの息子さんではないか。こちらに理があろうが、先方が悪かろうが、喧嘩の相手になるという事はない。詫びて来い、詫びて来い、途方も無い奴だ」と自分の子を叱りつけて、長吉の元へ謝りに行かされることは必定（必然）なので、三五郎は口惜しさを噛み潰して、七日、十日程経

叱りつけて、長吉がもとへあやまりに遣られる事必定なれば、三五郎は口惜しさを噛みつぶして七日十日と程をふれば、痛みの場処の愈ると共にそのうらめしさも何時しか忘れて、頭の家の赤ん坊が守りをして二銭が駄賃をうれしがり、ねんねんよ、おころりよ、と背負ひあるくさま、年はと問へば生意気ざかりの十六にも成りながらその大躰を耻かしげにもなく、表町へものこのこと出かけるに、何時も美登利と正太が嬲りものに成つて、お前は性根を何処へ置いて来たとからかはれながらも遊びの中間は外れざりき。

てば、痛みの箇所が癒えるとともに、その恨めしさもいつしか忘れるだろうと思った。横町の頭（長吉）の家の赤ん坊の子守りをして二銭の駄賃をうれしがり「ねんねんよ、おころりよ」と背負い歩く。年はと尋ねれば生意気盛りの十六にもなって、そのずうたいを恥かし気もなく、表町へものこのこと出かける。いつも美登利と正太の弄り（いじられ）者になって「お前は性根をどこへ置いて来た」とからかわれながらも、遊びの仲間は外れなかったことよ。

春の夜桜の賑いに始まって、亡き玉菊（江戸時代の名遊女）のために燈籠を下げる夏の盆の頃、続いて秋の新仁和賀には（いずれも吉原三大

春は桜の賑ひよりかけて、なき玉菊が燈籠の頃、つづいて秋の新仁和賀には十分間に車の飛ぶ事この通りのみにて七十五輛と数へしも、二の替りさへいつしか過ぎて、赤蜻蛉田圃に乱るれば横堀に鶉なく頃も近づきぬ、朝夕の秋風身にしみ渡りて上清が店の蚊遣香懐炉灰に座をゆづり、石橋の田村やが粉挽く臼の音さびしく、角海老が時計の響きもそぞろ哀れの音を伝へるやうに成れば、四季絶間なき日暮里の火の光りもあれが人を焼く烟りかとうら悲しく、茶屋が裏ゆく土手下の細道に落かかるやうな三味の音を仰いで聞けば、仲之町

行事）、十分間に車の飛ぶのはこの通りだけでも七十五両も数えられたが、二の替り（仁和賀後半の十五日）さえいつしか過ぎて、赤蜻蛉が田んぼに乱れれば、横堀で鶉鳴く季節も近づいてくる。朝夕の秋風が身にしみ渡って、上清の店（雑貨屋）の蚊遣香売り場は懐炉灰（カイロ）に座を譲り、石橋の田村屋（せんべい屋）が粉を挽く臼の音はさびしい。角海老（三大妓楼の一つ）の時計の響きも何とは無しに、哀れの音を伝えるようになる。四季を通して絶え間のない日暮里（火葬場）の火の光りも「あれが人を焼く煙か」とうら悲しくなる。茶屋の裏を行く土手下の細道に、落ちかかるような三味の音を仰いで聞くことがで

芸者が冴えたる腕に、君が情の仮寝の床にと何ならぬ一ふし哀れも深く、この時節より通ひ初るは浮かれ浮かるる遊客ならで、身にしみじみと実のあるお方のよし、遊女あがりの去る女が申き、このほどの事かかんもくだくだしや大音寺前にて珎らしき事は盲目按摩の二十ばかりなる娘、かなはぬ恋に不自由なる身を恨みて水の谷の池に入水したるを新らしい事とて伝へる位なもの、八百屋の吉五郎に大工の太吉がさつぱりと影を見せぬが何とかせしと問ふにこの一件であげられましたと、顔の真中へ指をさして、何の子細なく取立てて噂をする者

きる。仲之町の芸者の冴えた腕で「君が情の仮寝の床に」と、何だか一節の哀れも深く聞こえる。この時節から吉原通いを初める者は、浮かれ浮かれる遊客ではなく、身にしみじみと実のあるお方であると、遊女あがり（年季明け）のある女が申していた。このような事を書いても同じことを繰り返してしつこいだけだ。大音寺前において珍しい事は、盲目の按摩の二十ばかりの娘が、叶わぬ恋に不自由な身体を恨み、水の谷の池に入水したのを新しい事として伝えるくらいなものだ。「八百屋の吉五郎と大工の太吉がさっぱりと影を見せないが、どうかしたのかと」尋ねると、この一件で捕まりましたと、顔の真中へ指をさし（花札の意

もなし、大路を見渡せば罪なき子供の三五人手を引つれて開いらいた開らいた何の花ひらいたと、無心の遊びも自然と静かにて、廓に通ふ車の音のみ何時に変らず勇ましく聞えぬ。

　秋雨しとしとと降るかと思へばさつと音して運びくる様なる淋しき夜、通りすがりの客をば待たぬ店なれば、筆やの妻は宵のほどより表の戸をたてて、中に集まりしは例の美登利に正太郎、その外には小さき子供の二三人寄りて細螺はじきの幼なげな事して遊ぶほどに、美登利ふと耳を立てて、あれ誰れか買物に来たのでは無いか溝板を

味）、詳細は分からず、特に取り立てて噂をする者もいない。大通りを見渡せば無邪気な子どもが三から五人手を引きつれて「開いらいた、開らいた、何の花ひらいた」と、無心に遊ぶ声も自然と静かで、廓に通う車の音ばかりが、いつもと変らず勇ましく聞えるのだった。

　秋雨がしとしとと降るかと思えば、さっと音がして運ばれて来るような淋しい夜だ。通りすがりの客を待たない店なので、筆屋の妻は宵の頃から表の戸をたてて閉め、中に集まったのは例の美登利に正太郎、その他は小さい子どもが二、三人が寄ってきた。細螺（貝殻）はじきの幼げなことをして遊んでいるうちに、美登利がふと耳を立てて

踏む足音がするといへば、おやさうか、己いらは少つとも聞かなかつたと正太もちうちうたこかいの手を止めて、誰れか中間が来たのでは無いかと嬉しがるに、門なる人はこの店の前まで来たりける足音の聞えしばかりそれよりはふつと絶えて、音も沙汰もなし。

十一

正太は潜りを明けて、ばあと言ひながら顔を出すに、人は二三軒先の軒下をたどりて、ぽつぽつと行く後影、誰れだ誰れだ、

「あれ、誰か買い物に来たのではないか、溝板を踏む足音がする」といえば「おやそうかい、おいらはちっとも聞かなかった」と正太もちゅうちゅうたこかいの手を止めて、誰か仲間が来たのではないかと嬉しがったが、門（入り口）に居た人は「この店の前まで来た足音が聞こえただけ、それからはふっと絶えて、音沙汰もないよ」と。

十一

正太は潜り戸を開けて、ばあと言いながら顔を出すと、その人は二、三軒先の軒下をたどっていた。ぽつぽつと行く後影に「誰だ、誰だ。

おいお這入よと声をかけて、美登利が足駄を突かけばきに、降る雨を厭はず駆け出さんとせしが、ああ彼奴だと一ト言、振かへつて、美登利さん呼んだつても来はしないよ、一件だもの、と自分の頭を丸めて見せぬ。

信さんかへ、と受けて、嫌やな坊主つたら無い、きつと筆か何か買ひに来たのだけれど、私たちが居るものだから立聞きをして帰つたのであらう、意地悪るの、根性まがりの、ひねつこびれの、吃りの、歯かけの、嫌やな奴め、這入つて来たら散々と窘めてやる物を、帰つたは惜しい事をした、どれ下駄をお貸し、一寸見てやる、とて正太に

おいお入りよ」と声をかけて、美登利の足駄（高下駄）を突っかけ履きにして、降る雨を厭わず駆け出そうとしたが、正太が「ああ、あいつだ」とひと言、振り返って「美登利さん、呼んだって来はしないよ。あの人だもの」と自分の頭を丸めて見せたのだった。

「信さんかえ」と受けて「嫌な坊主ったら無い。きっと筆か何か買いに来たのだけれど、私たちが居るものだから立ち聞きをして帰ったんであろう。意地悪の、根性曲がりの、捻くれっこの、吃りの（差別語。原文のまま）、歯っ欠けの、嫌な奴め。入って来たら散々といじめてやるものを、帰ったとは惜しい事をした。どれ、

代つて顔を出せば軒の雨だれ前髪に落ちて、おお気味が悪るいと首を縮めながら、四五軒先の瓦斯燈の下を大黒傘肩にして少しうつむいてゐるらしくとぼとぼと歩む信如の後かげ、何時までも、何時までも、何時までも見送るに、美登利さんどうしたの、と正太は怪しがりて背中をつつきぬ。

どうもしない、と気の無い返事をして、上へあがつて細螺を数へながら、本当に嫌やな小僧とつては無い、表向きに威張つた喧嘩は出来もしないで、温順しさうな顔ばかりして、根性がくすくすしてゐるのだもの憎くらしからうでは無いか、家の母さん

下駄をお貸し。ちょっと見てやる」と正太に代わって顔を出せば、軒の雨垂れが前髪に落ちて「おお、気味が悪い」と首を縮めながら、四、五軒先の瓦斯燈の下を大黒傘を肩にして少しうつむいているらしく、とぼとぼと歩く信如の後姿があった。何時までも、何時までも、何時までも見送っているので「美登利さん、どうしたの」と正太は不思議がって背中をつついたのだった。

「どうもしない」と気の無い返事をして、上へあがって細螺を数えながら「本当に嫌な小僧といったらない。表向きに威張った喧嘩は出来もしないで、おとなしそうな顔ばかりして、根性がくすくすしているのだもの。憎らしかろう

が言ふてゐたつけ、瓦落々々してゐる者は心が好いのだと、それだからくすくすしている信さん何かは心が悪るいに相違ない、ねへ正太さんさうであらう、と口を極めて信如の事を悪く言へば、それでも龍華寺はまだ物が解つてゐるよ、長吉と来たらあれははやと、生意気に大人の口を真似れば、お廃しよ正太さん、子供の癖にまゝせた様でをかしい、お前は余つぽど剽軽ものだね、とて美登利は正太の頬をつついて、その真面目がほはと笑ひこけるに、己らだつても最少し経ては大人になるのだ、蒲田屋の旦那のやうに角袖外套か何か着てね、祖母

ではないか。うちの母さんが言っていたっけ、瓦落々々している者は心が良いのだと。それだからくすくすしている信さんなんかは、心が悪いに違いない。ねえ正太さん、そうであろう」と口を極めて信如の事を悪く言うと「それでも龍華寺はまだ物がわかっているよ。長吉と来たらあれはいやはや」と生意気に大人の口を真似たので「お止しよ、正太さん。子どもの癖にませたようでおかしい。お前はよっぽど剽軽者だね」と美登利は正太の頬をつついて「その真面目顔は…」と笑いこけたところ「おいらだって、も少し経てば大人になるのだ。蒲田屋の旦那のように角袖外套（格好いいコート）か何か着て

さんがしまつて置く金時計を貰つて、そして指輪もこしらへて、巻烟草を吸つて、履く物は何が宜からうな、己らは下駄より雪駄が好きだから、三枚裏にして繻珎の鼻緒といふのを履くよ、似合ふだらうかと言へば、美登利はくすくす笑ひながら、背の低い人が角袖外套に雪駄ばき、まあどんなにか可笑しからう、目薬の瓶が歩くやうであらうと誹すに、馬鹿を言つていらあ、それまでには己らだつて大きく成るさ、こんな小つぽけでは居ないと威張るに、それではまだ何時の事だか知れはしない、天井の鼠があれ御覧、と指をさすに、筆やの

ね。おばあさんがしまっている金時計を貰って、そして指輪もこしらえて、巻烟草を吸って、履く物は何がよかろうな。おいらは下駄より雪駄が好きだから、三枚裏にして繻珎（繻子織）の鼻緒というのを履くよ。似合うだろうか」と言うので、美登利はくすくす笑いながら「背の低い人が角袖外套に雪駄履き、まあどんなにかおかしかろう。目薬の瓶が歩くような感じ」とけなすと「馬鹿を言ってらあ、それまでにはおいらだって大きくなるさ。こんなちっぽけではいない」と威張るが「それではまだ、いつの事だかわかんない。天井の鼠が笑っているよ、あれ、ごらん」と指をさしてからかうので、筆屋の女

女房を始めとして座にある者みな笑ひころげぬ。

正太は一人真面目に成りて、例の目の玉ぐるぐるとさせながら、美登利さんは冗談にしてゐるのだね、誰れだつて大人に成らぬ者は無いに、己らの言ふが何故をかしからう、奇麗な嫁さんを貰つて連れて歩くやうに成るのだがなあ、己らは何でも奇麗のが好きだから、煎餅やのお福のやうな痘痕づらや、薪やのお出額のやうなが万一来ようなら、直さま追出して家へは入れて遣らないや、己らは痘痕と湿つかきは大嫌ひと力を入れるに、主人の女は吹出して、そ

房を始めとして、座にある者はみな笑い転げたのであった。

正太は一人真面目になって、例の目の玉をぐるぐるとさせながら「美登利さんは冗談にしているのだね。誰だって大人にならぬ者は無いのに、おいらの言うことが何故おかしかろう。奇麗な嫁さんを貰って、連れて歩くようになるんだけどなあ。おいらは何でも奇麗なのが好きだから、もしも煎餅屋のお福のような痘痕面や、薪屋のおでこのようなのがもし来ようものなら、すぐさま追い出して家には入れてやらないや。おいらは痘痕と汗っかきは大嫌い」と力を入れると、主の女は吹き出して「それでも正さ

れでも正さん宜く私が店へ来て下さるの、伯母さんの痘痕は見えぬかえと笑ふに、それでもお前は年寄りだもの、己らの言ふのは嫁さんの事さ、年寄りはどうでも宜いとあるに、それは大失敗だねと筆やの女房おもしろづくに御機嫌を取りぬ。

　町内で顔の好いのは花屋のお六さんに、水菓子やの喜いさん、それよりも、それよりもずんと好いはお前の隣に据つてお出なさるのなれど、正太さんはまあ誰れにしようと極めてあるえ、お六さんの眼つきか、喜いさんの清元か、まあどれをえ、と問はれて、正太顔を赤くして、何だお六づらや、

ん、よく私の店へ来て下さるの。伯母さんのあばたは見えないかえ」と笑えば「それでもお前は年寄りだもの。おいらが言うのは嫁さんの事さ。年寄りはどうでもいい」と言うので「それは大失敗だね」と筆屋の女房はおもしろおかしく御機嫌を取ったのだった。

「町内で顔の良いのは花屋のお六さんに、水菓子屋の喜いさん、それよりも、それよりもずんと良いのはお前の隣に座っておいでなさるのだけれど、正太さんは、まあ誰にしようと決めてあるえ。お六さんの眼差しか、喜いさんの清元（語り唄）か、まあどれをえ」と問われると、正太は顔を赤くして「何だ、お六づら（お六さ

喜い公、何処が好い者かと釣りらんぷの下を少し居退きて、壁際の方へと尻込みをすれば、それでは美登利さんが好いのであらう、さう極めて御座んすの、と図星をさされて、そんな事を知る物か、何だそんな事、とくるり後を向いて壁の腰ばりを指でたたきながら、廻れ廻れ水車を小音に唱ひ出す、美登利は衆人の細螺を集めて、さあもう一度はじめからと、これは顔をも赤らめざりき。

んの顔）や喜い公（喜いさん）の、どこがいいものか」と釣りランプの下を少し退いて、壁際の方へと尻込みをしたら「それでは美登利さんがいいのであろう。そう決めて御座んすの」と図星をされて「そんな事を知るものか、何だそんな事」とくるりと後ろを向いて壁の腰の高さのはりを指でたたきながら「廻れ廻れ水車」（歌名）を小声に歌い出す。美登利は多くの細螺を集めて「さあもう一度初めから」と、こちらは顔も赤らめないのだった。

十二

信如が何時も田町へ通ふ時、通らでも事は済めども言はば近道の土手々前に、仮初の格子門、のぞけば鞍馬の石燈籠に萩の袖垣しをらしう見えて、椽先に巻きたる簾のさまもなつかしう、中がらすの障子のうちには今様の按察の後室が珠数をつまぐつて、冠つ切りの若紫も立出るやと思はるる、その一ト構へが大黒屋の寮なり。

　昨日も今日も時雨の空に、田町の姉より頼みの長胴着が出来たれば、暫時も早う重ねさせたき親心、御苦労でも学校までの

十二

信如がいつも浅草田町へ通う時は、通らなくても済むのだが、土手の手前のいわば近道を通ると、ちょっとした格子門があり、覗けば鞍馬の石燈籠に萩の袖垣が優雅に見える。縁先に巻いてある簾の様子も好ましい。中硝子の障子の中では今風の按察大納言の未亡人（源氏物語の紫の上の祖母）が珠数を指先でたぐり、おかっぱ頭の若紫が出て来ようかと思われる。そのひと構えが大黒屋の寮だ。

　昨日も今日も時雨の空だったが、田町の姉から頼まれていた長胴着が出来ると、少しでも早く着重ねさせたいと思うのが親心というものである。信如は

一寸の間に持つて行つてくれまいか、定めて花も待つてゐようほどに、と母親よりの言ひつけを、何も嫌やとは言ひ切られぬ温順しさに、唯はいはいと小包みを抱へて、鼠小倉の緒のすがりし朴木歯の下駄ひたひたと、信如は雨傘さしかざして出ぬ。

お歯ぐろ溝の角より曲りて、いつも行くなる細道をたどれば、運わるう大黒やの前まで来し時、さつと吹く風大黒傘の上を抓みて、宙へ引あげるかと疑ふばかり烈しく吹けば、これは成らぬと力足を踏こたゆる途端、さのみに思はざりし前鼻緒のずるずると抜けて、傘よりもこれこそ一の大事に

「御苦労でも学校前のちょっとの間に持って行ってくれまいか。きっと花（姉）も待っているだろうから」と母親から言いつけられると、しいて嫌とも言い切れないほどおとなしいので、ただ「はいはい」と小包みを抱え、鼠小倉（鼠色の小倉産博多織）の緒をすげてある朴木の歯の下駄をひたひたと、雨傘を差して出掛けたのだった。

お歯ぐろ溝の角から曲って、いつも行くことにしている細道をたどっていると、運悪くちょうど大黒屋の前まで来た時、さっと吹く風が大黒傘（大阪の番傘）の上を掴んで、宙へ引き上げるかと疑うばかりに烈しく吹いたので「これはならん」と足に力をいれ踏み堪えた途端、そんなに弱いとは思っていなかっ

成りぬ。

　信如こまりて舌打はすれども、今更何と法のなければ、大黒屋の門に傘を寄せかけ、降る雨を庇に厭ふて鼻緒をつくろふに、常々仕馴れぬお坊さまの、これは如何な事、心ばかりは急れども、何としても甘くはすげる事の成らぬ口惜しさ、ぢれて、ぢれて、袂の中から記事文の下書きして置いた大半紙を抓み出し、ずんずんと裂きて紙縷をよるに、意地わるの嵐またもや落し来て、立かけし傘のころころと転り出るを、いまいましい奴めと腹立たしげにいひて、取止めんと手を延ばすに、膝へ乗せて置きし小包

た前鼻緒がずるずると抜けて、傘より鼻緒の方が一大事になってしまった。

　信如は困って舌打ちをしたが、今更どうしようもない。大黒屋の門に傘を寄せかけ、降る雨を嫌って庇によけながら鼻緒を繕おうとした。しかし普段から馴れないお坊ちゃまなので、これはどうした事か、心ばかりは焦ったが、どうしても上手くすげることが出来ない。口惜しさに、じれったいじれったい。袂の中から作文の下書きをしておいた大半紙を掴み出し、ずんずんと裂いて紙縷をよった。しかし意地悪な嵐がまたもや落ちて来て、立て掛けていた傘がころころと転がり出したので「いまいましい奴め」と腹立たしげに言って、取り止めようと手を延ばすと、

み意久地もなく落ちて、風呂敷は泥に、我着る物の袂までを汚しぬ。

見るに気の毒なるは雨の中の傘なし、途中に鼻緒を踏み切りたるばかりは無し、美登利は障子の中ながら硝子ごしに遠く眺めて、あれ誰れか鼻緒を切つた人がある、母さん切れを遣つても宜う御座んすかと尋ねて、針箱の引出しから友仙ちりめんの切れ端をつかみ出し、庭下駄はくも鈍かしきやうに、馳せ出でて椽先の洋傘さすより早く、庭石の上を伝ふて急ぎ足に来たりぬ。

それと見るより美登利の顔は赤う成りて、どのやうの大事にでも逢ひしやうに、胸の

膝へ乗せておいた小包みが意気地も無く落ちた。風呂敷は泥まみれになり、自分の着ている着物の袂まで汚れてしまったのだ。

見るに気の毒なものは、雨の中に傘もなく、途中で鼻緒を踏み切るばかはいない。美登利は障子の中から硝子越しに遠くを眺め「あれ、誰か鼻緒を切った人がいる。母さん、裂れをあげてもいいですか」と尋ねて、針箱の引き出しから友仙ちりめんの切れ端をつかみ出し、庭下駄を履くのももどかしそうに、駆け出して縁先の洋傘を差すよりも早く、庭石の上を伝って急ぎ足でやって来たのだった。

その人を見ると美登利の顔は赤くなり、どんな大事にでも遭遇したのかというほど、胸の動悸が早く

動悸の早くうつを、人の見るかと背後の見られて、恐る恐る門の傍へ寄れば、信如もふつと振返りて、これも無言に脇を流るる冷汗、跣足に成りて逃げ出したき思ひなり。

　平常の美登利ならば信如が難義の体を指さして、あれあれあの意久地なしと笑ふて笑ふて笑ひ抜いて、言ひたいままの悪まれ口、よくもお祭りの夜は正太さんに仇をするとて私たちが遊びの邪魔をさせ、罪も無い三ちゃんを擲かせて、お前は高見で采配を振つてお出なされたの、さあ謝罪なさんすか、何とで御座んす、私の事を女郎女郎と長吉づらに言はせるのもお前の指図、

打ち始めるので、人に見られていないかと後ろを見ずにいられず、恐る恐る門のそばへ寄る。すると信如もふっと振り返り、こちらも無言のうちに脇を流れる冷や汗、裸足になって逃げ出したい思いがした。

　普段の美登利ならば信如が難義しているようすを指差して「あれあれ、あの意気地無し」と笑って笑って笑い抜いて、言いたいままの悪まれ口を、例えば「よくもお祭りの夜は正太さんに仕返しをするといって私たちの遊びの邪魔したな。罪も無い三ちゃんを叩かせて、お前は高見で采配を振っておいでなされたのか。さあ謝りなさいよ。何とか言えば。私の事を女郎女郎（遊女）と長吉なんかに言わせるのもお前の指図でしょ。女郎でもいいじゃない。塵一つもお前さんの

女郎でも宜いでは無いか、塵一本お前さんが世話には成らぬ、私には父さんもあり母さんもあり、大黒屋の旦那も姉さんもある、お前のやうな腥のお世話には能うならぬほどに、余計な女郎呼はり置いて貰ひましよ、言ふ事があらば陰のくすくすならで此処でお言ひなされ、お相手には何時でも成つて見せまする、さあ何とで御座んす、と袂を捉らへて捲しかくる勢ひ、さこそは当り難うもあるべきを、物いはず格子のかげに小隠れて、さりとて立去るでも無しに唯うぢうぢと胸とどろかすは平常の美登利のさまにては無かりき。

世話にはならないわよ。私には父さんもいる母さんもいる。大黒屋の旦那も姉さんもいる。お前のような腥のお世話にはならないのだから、余計な女郎呼ばわりはやめてもらいましょう。言う事があるならば、陰でこそこそしないで、ここでお言いなさいよ。お相手ならいつでもしますよ。さあ何とか言いなさいよ」と袂をつかんで捲し立てる勢いのはずである。それなら言い返しづらくもあるだろうけど、ものも言わず格子の陰にそっと隠れ、かといって立ち去るわけでもなく、ただうじうじと胸をとどろかせている。これはいつもの美登利の様子では無かった。

十三

此処は大黒屋のと思ふ時より信如は物の恐ろしく、左右を見ずして直あゆみに為しなれども、生憎の雨、あやにくの風、鼻緒をさへに踏切りて、詮なき門下に紙縷を縷る心地、憂き事さまざまにどうも堪へられぬ思ひの有しに、飛石の足音は背より冷水をかけられるが如く、顧みねどもその人と思ふに、わなわなと慄へて顔の色も変るべく、後向きに成りて猶も鼻緒に心を尽すと見せながら、半は夢中にこの下駄いつまで

十三

ここは大黒屋の前と思った時から信如はもの恐ろしく思い、左右も見ずひた歩きにしていたのだったが、生憎の雨、あいにくの風、鼻緒さえ踏み切ってしまい、どうしようもなく門下で紙縷を縷る思いは、つらい事だらけでどうにも耐えられない思いがあったのに、そこに飛石の足音がして背中から冷水をかけられるようだった。振り返らなくてもその人とわかるので、わなわなと慄えて顔の色も変っているはずだ。後ろ向きになって、なおも鼻緒に集中していると見せかけた。半分夢の中で、この下駄はいつまでかかって

懸りても履ける様には成らんともせざりき。

　庭なる美登利はさしのぞいて、ゑゑ不器用なあんな手つきしてどうなる物ぞ、紙縷は婆々縷、藁しべなんぞ前壺に抱かせたとて長もちのする事では無い、それそれ羽織の裾が地について泥に成るは御存じ無いか、あれ傘が転がる、あれを畳んで立てかけて置けば好いにと一々鈍かしう歯がゆくは思へども、此処に裂れが御座んす、此裂でおすげなされと呼かくる事もせず、これも立尽して降雨袖に侘しきを、厭ひもあへず小隠れて覗ひしが、さりとも知らぬ母の親はるかに声を懸けて、火のしの火が熾り

も履けるようにはならないなぁ。

　庭にいる美登利はさしのぞいて「ええ、不器用なあんな手つきではなおせないわ。紙縷は婆々縷（汚い縷方）であるし、藁なんか前壺（穴）に抱かせた（くくりつけた）ところで長持ちするものでは無い。それそれ、羽織の裾が地面について泥になっているのを気づいてないの。あれ、傘が転がる。あれを畳んで立てかけて置いた方がいいよ」といちいちもどかしく歯がゆく思ったが「ここに裂れがあるから、これでおすげなさいよ」と呼び掛ける事はせず、これも立ち尽くして降る雨が袖を侘しくするのを、構うこともできずにこっそりと隠れてうかがっていた。しかしそうとは知らない母親が遠くから声を懸けて「火のし

ましたぞえ、この美登利さんは何を遊んでゐる、雨の降るに表へ出ての悪戯は成りませぬ、又この間のやうに風引かうぞと呼立てらるるに、はい今行ますと大きく言ひて、その声信如に聞えしを耻かしく、胸はわくわくと上気して、どうでも明けられぬ門の際にさりとも見過しがたき難義をさまざまの思案尽して、格子の間より手に持つ裂れを物いはず投げ出せば、見ぬやうに見て知らず顔を信如のつくるに、ゑゑ例の通りの心根と遣る瀬なき思ひを眼に集めて、少し涙の恨み顔、何を憎んでそのやうに無情そぶりは見せらるる、言ひたい事は

（昔のアイロン）の火が熾りましたよ。これ、美登利さんは何を遊んでいる。雨が降っているのに表へ出て悪戯しちゃだめよ。またこの間のように風邪を引きますよ」と呼び立てられたので「はい、今行きます」と大きく言ってしまう。その声が信如に聞こえたのが恥ずかしく、胸はわくわくたかなり、どうしても開けることの出来ない門のそばにいた。それでもこまっているのを見過ごす事もできないと思い、格子の間から手に持ったきれを、物も言わずに投げ出した。それでも見ないように見て知らん顔を信如がしているので「ええ、いつもの通りの心根（奥の心）」と遣るせない思いの眼をして、少し涙ぐんだ恨み顔になった。「何を憎んでそのようにつれないそぶりを

此方にあるを、余りな人とこみ上るほど思ひに迫れど、母親の呼声しばしばなるを侘しく、詮方なさに一ト足二タ足ゑゑ何ぞいの未練くさい、思はく耻かしと身をかへして、かたかたと飛石を伝ひゆくに、信如は今ぞ淋しう見かへれば紅入り友仙の雨にぬれて紅葉の形のうるはしきが我が足ちかく散ぼひたる、そぞろに床しき思ひは有れども、手に取あぐる事をもせず空しう眺めて憂き思ひあり。

我が不器用をあきらめて、羽織の紐の長きをはづし、結ひつけにくるくると見とむなき間に合せをして、これならばと踏試る

見せるのかしら。文句を言いたいのはこっちなのに。あんまりな人」とこみ上げるほど思いに迫ったが、母親の呼び声がしばしばするので侘しく、仕方なくひと足ふた足と踏み出して「ええ、わたしとした事が未練がましい。こんな思いが恥ずかしい」と身を返して、かたかたと飛び石を伝ってもどった。信如は今になって淋しく見返ると、紅入り友仙の布が雨に濡れて紅葉の柄の美しいのが、自分の足元近くに散らばっている。やたらと心が引かれる思いはあったが、手に取り上げる事もせず、ただ空しく眺めて、憂い思いがするのだった。

自分が不器用なのであきらめた。羽織の紐の長いのを外すと、下駄と足をくるくる結いつけ、見っと

に、歩きにくき事言ふばかりなく、この下駄で田町まで行く事かと今さら難義は思へども詮方なくて立上る信如、小包みを横に二夕足ばかりこの門をはなるるにも、友仙の紅葉目に残りて、捨てて過ぐるにしのび難く心残りして見返れば、信さんどうした鼻緒を切つたのか、その姿はどうだ、見ッとも無いなと不意に声を懸くる者のあり。

　驚いて見かへるに暴れ者の長吉、いま廓内よりの帰りと覚しく、裕衣を重ねし唐桟の着物に柿色の三尺を例の通り腰の先にして、黒八の襟のかかつた新らしい半天、印の傘をさしかざし高足駄の爪皮も今朝よ

もなけど間に合わせの処置をした。これならば、と試みに踏んでみたが、歩きにくいことは言うまでもなく、この下駄で浅草田町まで行くのか、と今さらながら難義に思った。仕方なく立ち上がった信如は、小包みを横にふた足ばかりこの門を離れたが、友仙の紅葉が目に残り、捨て行くのもしのびないので、心残りしてふり返えった。そのとき「信さん、どうした、鼻緒を切ったのか。その姿は何だ。見っとも無いな」と不意に声をかける者があった。

　驚いて見返ると、暴れ者の長吉、いま廓内からの帰りらしく、裕衣を重ねた唐桟（綿織物）の着物に、柿色の三尺帯をいつもの通り腰の先に結び、黒八丈（黒無地の厚い絹布）の襟のかかった新しい半天

りとはしるき漆の色、きわぎわしう見えて
誇らし気なり。
　僕は鼻緒を切つてしまつてどう為ようか
と思つてゐる、本当に弱つてゐるのだ、と
信如の意久地なき事を言へば、そうだらう
お前に鼻緒の立ッこは無い、好いや己れの
下駄を履て行ねへ、この鼻緒は大丈夫だよ
といふに、それでもお前が困るだらう。何
己れは馴れた物だ、かうやつてかうすると
言ひながら急遽しう七分三分に尻端折て、
そんな結ひつけなんぞよりこれが爽快だと
下駄を脱ぐに、お前跣足に成るのかそれで
は気の毒だと信如困り切るに、好いよ、己

に、遊女屋の印の傘を差しかざし、高足駄の爪皮（つ
ま先カバー）も今朝おろしたばかりと明らかな漆の
色、際立って見えて誇らしげだ。
「僕は鼻緒を切ってしまってどうしようかと思ってい
る。本当に弱っているのだ」と信如が意気地ない事
を言えば「そうだろう。お前に鼻緒はなおせないだ
ろう。いいや、おれの下駄を履いて行きねえ。この
鼻緒は大丈夫だよ」と言うので「それでもお前が困
るだろう」と信如が言えば、長吉は「何、おれは
馴れたものだ。こうやって、こうする」と言いなが
ら慌ただしく七分三分に尻を端折り（裾を帯に挟み）
「そんな結いつけなんぞより、これがさっぱりだ」と
下駄を脱ぐのだった。「お前裸足になるのか。それで

れは馴れた事だ信さんなんぞは足の裏が柔らかいから跣足で石ごろ道は歩けない、さあこれを履いてお出で、と揃へて出す親切さ、人には疫病神のやうに厭はれながらも毛虫眉毛を動かして優しき詞のもれ出るぞをかしき。信さんの下駄は己れが提げて行かう、台処へ抛り込んで置たら子細はあるまい、さあ履き替へてそれをお出しと世話をやき、鼻緒の切れしを片手に提げて、それなら信さん行てお出、後刻に学校で逢はうぜの約束、信如は田町の姉のもとへ、長吉は我家の方へと行別れるに思ひの止まる紅入の友仙は可憐しき姿を空しく格子門

は気の毒だ」と信如が困り切ったが「いいよ。おれは馴れた事だ。信さんなんぞは足の裏が柔らかいから、裸足で石ころ道は歩けない。さあこれを履いておいき」と下駄を揃えて出す親切、人には疫病神のように嫌われながらも、毛虫眉毛を動かして、優しい言葉が漏れ出るのも、おかしいものである。長吉は「信さんの下駄はおれが提げて行こう。寺の台所へ放り込んでおけば、問題あるまい。さあ履き替えて、それをお出し」と世話を焼き、鼻緒の切れた下駄を片手に提げて「それじゃ信さん、行きな。後で学校で会おうぜ」との約束をする。信如は浅草田町の姉のもとへ、長吉は我家の方へと行き別れたが、思いの残る紅入りの友仙は、いじらしい姿を空しく格子門

の外にと止めぬ。

十四

この年三の酉まで有りて中一日はつぶれしかど前後の上天気に大鳥神社の賑ひすさまじく、此処をかこつけに検査場の門より乱れ入る若人達の勢ひとては、天柱くだけ地維かくるかと思はるる笑ひ声のどよめき、中之町の通りは俄に方角の替りしやうに思はれて、角町京町処々のはね橋より、さつさ押せ押せと猪牙がかつた言葉に人波を分くる群もあり、河岸の小店の百囀づりよ

の外にとどめているのだった。

十四

この年は三の酉まであって、中の一日は潰れたが、前後は上天気だったので大鳥神社の賑いはすさまじかった。これにかこつけて検査場（性病の検査病院側）の門から乱れ入る若人達の勢いときたら、天柱が砕け、地維（大地の網）も欠けるかと思われる笑い声のどよめきである。中之町（吉原中央）の通りは、にわかに方角が変わったように思われ、角町や京町の所々の刎ね橋から「さっさ、押せ押せ」と猪牙舟（舳先が尖った小舟）の掛け声のような威勢のいい言葉

り、優にうづ高き大籬の楼上まで、絃歌の声のさまざまに沸き来るやうな面白さは大方の人おもひ出でて忘れぬ物に思すも有るべし。正太はこの日日がけの集めを休ませ貰ひて、三五郎が大頭の店を見舞ふやら、団子屋の背高が愛想気のない汁粉やを音づれて、どうだ儲けがあるかえと言へば、正さんお前好い処へ来た、我れが餡この種なしに成つてもう今からは何を売らう、直様煮かけては置いたけれど中途お客は断れない、どうしような、と相談を懸けられて、智恵無しの奴め大鍋の四辺にそれッ位無駄がついてゐるでは無いか、それへ湯を廻し

に人波を分けていく群れもあった。河岸河岸（左右の溝沿通路）の小店の百囀り（ざわめき）から、すばらしく高い大籬（格の高い遊女屋）の楼上（最上階）まで、絃歌（弦楽器と歌）の声がさまざまに沸き起るような面白さは、おおかたの人が思い出して忘れないものと思う人もいるだろう。正太はこの日、日掛けの集め（集金）を休ませて貰って、三五郎の大頭（頭芋・唐芋）の店を見舞ったあと、団子屋の背高がやっている愛想のない汁粉屋を訪れた。「どうだ儲けがあるかえ」と言えば「正さん、お前、いいところへ来た。おれのところのあんこの種がなくなって、今からは何を売ろうか困ってるんだ。すぐにあんこを煮かけては置いたけれど、途中のお客は断れな

て砂糖さへ甘くすれば十人前や二十人は浮いて来よう、何処でも皆なそうするのだお前の店ばかりではない、何この騒ぎの中で好悪を言ふ物が有らうか、お売りお売りと言ひながら先に立つて砂糖の壺を引寄すれば、目ッかちの母親おどろいた顔をして、お前さんは本当に商人に出来てゐなさる、恐ろしい智恵者だと賞めるに、何だこんな事が智恵者な物か、今横町の潮吹きの処で餡が足りないッてこうやつたを見て来たので己れの発明では無い、と言ひ捨てて、お前は知らないか美登利さんの居る処を、己れは今朝から探してゐるけれど何処へ行た

い。どうしようかな」と相談をかけられので「知恵無しの奴め。それぐらいなら大鍋にぐるりと無駄がついているではないか。それへ湯を掛け回して砂糖さえ甘くすれば、十人前や二十人前は浮いて来るだろう。どこでもみんな、そうしているよ。お前のとこばかりではない。なに、この騒ぎの中で好し悪しを言う者があろうか。お売り、お売り」と言いながら先に立って砂糖の壺を引寄せた。目が不自由な母親は驚いた顔をして「お前さんは本当に商人に出来ているなぁ。恐ろしい知恵者だ」と賞めるので「なんだ、こんな事が知恵者なものか。今横町の潮吹きのとこであんが足りないってこうやっていたのを見て来たので、おれの発明では無い」と言い捨てた。そして

か筆やへも来ないと言ふ、廓内だらうかなと問へば、むむ美登利さんはな今の先己れの家の前を通つて揚屋町の刎橋から這入つて行た、本当に正さん大変だぜ、今日はね、髪をかういふ風にこんな嶋田に結つてと、変てこな手つきして、奇麗だねあの娘はと鼻を拭つつ言へば、大巻さんより猶美いや、だけれどあの子も華魁に成るのでは可憐さうだと下を向ひて正太の答ふるに、好いじやあ無いか華魁になれば、己れは来年から際物屋に成つてお金をこしらへるがね、それを持つて買ひに行くのだと頓馬を現はすに、洒落くさい事を言つてゐらあ

「お前は知らないか、美登利さんのいる所を。おれは今朝から探しているけれど、何処へ行ったか、筆屋へも来ていないと言う。廓内だろうかな」と尋ねると、団子屋は「むむ、美登利さんはな、今さっきおれの家の前を通って揚屋町の刎ね橋から入って行ったよ。本当に正さん大変だぜ、今日はね、髪をこういう風にこんな嶋田（一般的な女髷）に結って」と変てこな手つきして「奇麗だね、あの娘は」と鼻を拭きつつ言う。「大巻さん（美登利の姉）よりなおいいや。だけれどあの子も華魁になるのではかわいそうだ」と下を向いて正太が答えると、団子屋は「いいじゃあないか、華魁になれば。おれは来年から際物屋（流行を追う商売）になってお金をこしらえるがね。

そうすればお前はきつと振られるよ。何故何故。何故でも振られる理由が有るのだもの、と顔を少し染めて笑ひながら、それじやあ己れも一廻りして来ようや、又後に来るよと捨て台辞して門に出て、十六七の頃までは蝶よ花よと育てられ、と怪しきふるへ声にこの頃此処の流行ぶしを言つて、今では勤めが身にしみてと口の内にくり返し、例の雪駄の音たかく浮きたつ人の中に交りて小さき身体は忽ちに隠れつ。

　揉まれて出し廓の角、向ふより番頭新造のお妻と連れ立ちて話しながら来るを見れば、まがひも無き大黒屋の美登利なれども

それを持って美登利さんを買いに行くのだ」と頓馬な事をいう。「しゃらくさい事を言っていらあ。そうすればお前はきっと振られるよ。」「何故何故」「何故でも振られるわけが有るのだもの」と正太は顔を少し染めて笑い「それじゃあおれもひと回りして来ようや。また後に来るよ」と捨て台詞して門に出ると「十六、七の頃までは、蝶よ花よと育てられ」とあやしい震え声でこの頃ここでの流行り節を言って「今では勤めが身にしみて」と口の中でくり返し、いつもの雪駄の音も高く、浮き立つ人の中に交じって、小さい身体はたちまちに隠れてしまった。

　人の波に揉まれて出た廓の角、向こうから番頭新造（事務系女郎）のお妻と連れ立って話しな

誠に頓馬の言ひつる如く、初々しき大嶋田結ひ綿のやうに絞りばなしふさふさとかけて、鼈甲のさし込、総つきの花かんざしひらめかし、何時よりは極彩色のただ京人形を見るやうに思はれて、正太はあつとも言はず立止まりしまま例の如くは抱きつきもせで打守るに、彼方は正太さんかとて走り寄り、お妻どんお前買ひ物が有らばもう此処でお別れにしましよ、私はこの人と一処に帰ります、左様ならとて頭を下げるに、あれ美いちやんの現金な、もうお送りは入りませぬとかえ、そんなら私は京町で買物しましよ、とちよこちよこ走りに長屋

がら来るの見れば、紛れも無く大黒屋の美登利であったが、本当に頓馬が言っていたように、初々しい大嶋田に結い、綿のような絞りの布をふさふさと結び、鼈甲の髪飾りをさし込み、房つきの花簪をひらめかし、いつもよりは極彩色で、ただ京人形を見るように思われた。正太は「あっ」とも言わず立ち止まったまま、いつものように抱き付きもせずに見守っていると、美登利は「あなたは正太さんかい」と走り寄り「お妻どん、お前買い物があるのなら、もうここでお別れにしましょ。私はこの人と一緒に帰ります。さようなら」と頭を下げると、お妻は「あれ美いちゃんの現金なこと。もうお送りは要りませぬとかえ。そんなら私は京町で買物しましょ」とちょこ

の細道へ駆け込むに、正太はじめて美登利の袖を引いて好く似合ふね、いつ結つたの今朝かへ昨日かへ何故はやく見せてはくれなかつた、と恨めしげに甘ゆれば、美登利打しほれて口重く、姉さんの部屋で今朝結つて貰つたの、私は厭やでしようが無い、とさし俯向きて往来を耻ぢぬ。

十五

憂く耻かしく、つつましき事身にあれば人の褒めるは嘲りと聞なされて、嶋田の髷のなつかしさに振かへり見る人たちをば我

ちょこ走りに長屋の細道へ駆け込んだ。正太は初めて美登利の袖を引いて「よく似合うね。いつ結ったの、今朝かい、昨日かい。何故早く見せてくれなかった」と恨めしげに甘えると、美登利はうちしおれて口重く「姉さんの部屋で今朝結って貰ったの。私は嫌でしょうがない」と、うつむいて往来する人の目を恥じた。

十五

美登利はつらく恥ずかしく、気後れのする事（初潮、遊女になる合図）が身にあったので、人が褒めるのは嘲りと聞こえ、嶋田髷の好ましさに振り返っ

れを蔑む眼つきと察られて、正太さん私は自宅へ帰るよと言ふに、何故今日は遊ばないのだらう、お前何か小言を言はれたのか、大巻さんと喧嘩でもしたのでは無いか、と子供らしい事を問はれて答へは何と顔の赤むばかり、連れ立ちて団子屋の前を過ぎるに頓馬は店より声をかけてお中が宜しう御座いますと仰山な言葉を聞くより美登利は泣きたいやうな顔つきして、正太さん一処に来ては嫌やだよと、置きざりに一人足を早めぬ。

　お酉さまへ諸共にと言ひしを道引違へて我が家の方へと美登利の急ぐに、お前一処

て見る人たちを、自分を蔑む眼付きと受けとるのだった。「正太さん、私はうちへ帰るよ」と言うと「何故今日は遊ばないのだろう。お前何か小言を言われたのか。大巻さんと喧嘩でもしたのではないか」と子どもらしい事を尋ねられ「子どもになんと答えよう」と顔が赤らむばかりである。連れ立って団子屋の前を過ぎると、頓馬が店から声をかけて「お仲がよろしう御座います」という仰山（大げさ）な言葉をいった。それを聞いてから、美登利は泣きたいような顔つきをして「正太さん一緒に来ては嫌だよ」と、置き去りにして、一人足を早めるのだった。

　お酉さまへ一緒に、と言っていたのに、道を引き変えて我家の方へと美登利が急ぐので「お前一緒に

には来てくれないのか、何故其方へ帰つてしまふ、余りだぜと例の如く甘へてかかるを振切るやうに物言はず行けば、何の故とも知らねども正太は呆れて追ひすがり袖を止めては怪しがるに、美登利顔のみ打赤めて、何でも無い、と言ふ声理由あり。

　寮の門をばくぐり入るに正太かねても遊びに来馴れてさのみ遠慮の家にもあらねば、跡より続いて椽先からそつと上るを、母親見るより、おお正太さん宜く来て下さつた、今朝から美登利の機嫌が悪くて皆なあぐねて困つてゐます、遊んでやつて下されと言ふに、正太は大人らしう惶りて加減が悪る

は来てくれないのか。何故そっちへ帰ってしまう。あんまりだぜ」と正太がいつものように甘えてくるのを、美登利は振り切るように物も言わず行くのだった。どういう理由ともわからなかったが正太は呆れ、追いすがって袖を止めては、訝しがる。美登利は顔ばかり赤らめて「何でも無い」と言う声には言えない理由がありそうだった。

　美登利が寮の門をくぐりると、正太はかねてから遊びに来馴れていて、それほど遠慮する家でもなかったので、後から続いて縁先からそっと上がった。それを母親が見るなり「おお正太さん、よく来て下さった。今朝から美登利の機嫌が悪くて、みんな扱いあぐねて困っています。遊んでやって下され」と

いのですかと真面目に問ふを、いいゑ、と母親怪しき笑顔をして少し経てば愈りませう、いつでも極りの我まま様、さぞお友達とも喧嘩しませうな、真実やり切れぬ嬢さまではあるとて見かへるに、美登利はいつか小座敷に蒲団抱巻持出でて、帯と上着を脱ぎ捨てしばかり、うつ伏し臥して物をも言はず。

　正太は恐る恐る枕もとへ寄つて、美登利さんどうしたの病気なのか心持が悪いのか全体どうしたの、とさのみは摺寄らず膝に手を置いて心ばかりを悩ますに、美登利は更に答へも無く押ゆる袖にしのび音の涙、

言うので、正太は大人のようにかしこまり「加減（具合）が悪いのですか」と真面目に尋ねると「いいえ」と母親は怪しげな笑顔をして「少し経てば治りましょう。いつものお決まりの我がままさん。さぞかしお友達とでも喧嘩したんでしょう。ほんに遣り切れぬ嬢さまですね」と振り返ったが、美登利はいつのまにか小座敷に蒲団と抱巻（着物型掛け布団）を持ち出して、帯と上着を脱ぎ捨てただけで、うつ伏せに横になって、物も言わないのだった。

　正太は恐る恐る枕元へ寄って「美登利さん、どうしたの。病気なのか、気持ちが悪いのか。いったい全体どうしたの」とそこまで擦り寄らずに、膝に手を置いて心ばかり悩ませた。美登利は何の答えもなく、

まだ結ひこめぬ前髪の毛の濡れて見ゆるも子細ありとはしるけれど、子供心に正太は何と慰めの言葉も出ず唯ひたすらに困り入るばかり、全体何がどうしたのだらう、己れはお前に怒られる事はしもしないに、何がそんなに腹が立つの、と覗き込んで途方にくるれば、美登利は眼を拭ふて正太さん私は怒つてゐるのでは有りません。

それならどうしてと問はれれば憂き事さまざまこれはどうでも話しのほかの包ましさなれば、誰れに打明けいふ筋ならず、物言はずして自づと頬の赤うなり、さして何とは言はれねども次第次第に心細き思ひ、

押さえる袖にしのび音の涙、まだ結い込めていない前髪の毛が濡れて見えた。理由があることは明らかだったが、子ども心に正太は何の慰めの言葉も出ず、ただひたすらに困りはててしまうのだった。「いったい全体、何がどうしたのだろう。おれはお前に怒られる事はしもしないのに。何がそんなに腹が立つの」と覗き込んで途方に暮れると、美登利は眼を拭って「正太さん、私は怒っているのでは有りません。」という。

「それならどうして」と問われると、憂い事はさまざまだけど、これはどうしても人に話せない気後れなので、誰に打明ける筋はない。物も言わず自然と頬が赤くなり、特に何とは言えない

すべて昨日の美登利の身に覚えなかりし思ひをまうけて物の耻かしさ言ふばかりなく、成事ならば薄暗き部屋のうちに誰れとて言葉をかけもせず我が顔ながむる者なしに一人気ままの朝夕を経たや、さらばこの様の憂き事ありとも人目つつましからずはかくまで物は思ふまじ、何時までも何時までも人形と紙雛さまとをあひ手にして飯事ばかりしてゐたらばさぞかし嬉しき事ならんを、ゑゑ厭や厭や、大人に成るは厭やな事、何故このやうに年をば取る、もう七月十月、一年も以前へ帰りたいにと老人じみた考へをして、正太の此処にあるをも思は

が次第次第に心細くなる思いで、すべて昨日の美登利には身に覚えのない思いを真に受けて、ものの恥ずかしさは言葉で表すことができない。「出来ることならば薄暗い部屋のうちに、誰であっても言葉をかけもせず、自分の顔を眺める者もなく、一人気ままに朝夕を過ごしたい。そうすればこのような憂い事があっても、人目をはばかることがないので、ここまで物思いをすることもないだろう。いつまでもいつまでも人形と紙雛さま（紙製雛人形）とを相手にしてままごとばかりしていたら、さぞかし嬉しいことだろうに。ええ嫌々、大人になるというのは嫌な事だ。なぜこのように年を取る。もう七か月十か月、一年も前へ帰りたいのに」と老人じ

れず、物いひかければ悉く蹴ちらして、帰つておくれ正太さん、後生だから帰つておくれ、お前が居ると私は死んでしまふであらう、物を言はれると頭痛がする、口を利くと目がまわる、誰れも誰れも私の処へ来ては厭やなれば、お前も何卒帰つてと例に似合ぬ愛想づかし、正太は何故とも得ぞ解きがたく、烟のうちにあるやうにてお前はどうしても変てこだよ、そんな事を言ふ筈は無いに、可怪しい人だね、とこれはいささか口惜しき思ひに、落ついて言ひながら目には気弱の涙のうかぶを、何とてそれに心を置くべき帰つておくれ、帰つておくれ、

みた考えをして、正太がここにいるのも思いやることが出来ず、ものを言いかければことごとく蹴ちらして「帰っておくれ正太さん。後生（一生のお願い）だから帰っておくれ。お前がいると私は死んでしまうであろう。ものを言われると頭痛がする、口を利くと目がまわる。誰も誰も私の所に来ては嫌なので、お前もどうぞ帰ってよ」と普段とは似合わないような愛想尽かしだった。正太はまったく理解できず、煙のうちにあるようで「お前はどうしても変てこだよ。そんな事言うはず無いのに、おかしい人だね」とこれはいささか口惜しい思いで、落ち付いて言いながらも、目には気弱な涙が浮かんだが、美登利はどうしてそれに気を配ることができよう。「帰って

何時まで此処に居てくれればもうお友達でも何でも無い、厭やな正太さんだと憎くらしげに言はれて、それならば帰るよ、お邪魔さまで御座いましたとて、風呂場に加減見る母親には挨拶もせず、ふいと立つて正太は庭先よりかけ出しぬ。

十六

真一文字に駆けて人中を抜けつ潜りつ、筆屋の店へをどり込めば、三五郎は何時か店をば売しまふて、腹掛のかくしへ若干金かをぢやらつかせ、弟妹引つれつつ好きな物

おくれ、帰っておくれ。いつまでもここにいてくれれば、もうお友達でも何でも無い。嫌な正太さんだ」と憎くらしげに言われると「それならば帰るよ、お邪魔さまでございました」といって、風呂場で加減を見ている母親には挨拶もせず、ふいと立って正太は庭先から駆け出したのだった。

十六

正太は真一文字に駆けて人中を抜けつ潜りつ、筆屋の店へおどり込んだ。すると三五郎はいつのまにか店を売り仕舞いし、腹掛けのかくしに若干の金をじゃらつかせ、弟妹を引き連れつつ「好きな

をば何でも買への大兄様、大愉快の最中へ正太の飛込み来しなるに、やあ正さん今お前をば探してゐたのだ、己れは今日は大分の儲けがある、何か奢つて上やうかと言へば、馬鹿をいへ手前に奢つて貰ふ己れでは無いわ、黙つてゐろ生意気は吐くなと何時になく荒らい事を言つて、それどころでは無いとて鬱ぐに、何だ何だ喧嘩かと喰べかけの餡ぱんを懐中に捻ぢ込んで、相手は誰れだ、龍華寺か長吉か、何処で始まつた廓内か鳥居前か、お祭りの時とは違ふぜ、不意でさへ無くは負けはしない、己れが承知だ先棒は振らあ、正さん胆ッ玉をしつかりして懸

物をば何でも買え」との兄貴ぶりと、大愉快の際中だった。そこへ正太が飛び込んで来たので三五郎は「やあ正さん、今お前を探していたのだ。おれは今日、大分儲けがある。何か奢ってあげようか」と言うと「馬鹿を言え。てめえに奢って貰うおれでは無いわ。黙っていろ、生意気はつくな」といつになく荒い事を言う。「それどころでは無い」と塞ぐと「何だ何だ、喧嘩か」と三五郎は食べかけの餡ぱんを懐に捻じ込んで「相手は誰だ。龍華寺か長吉か。何処で始まった、廓内か鳥居前か。お祭りの時とは違うぜ。不意でさえなければ負けはしない。おれが承知だ。先棒（先頭で棒）を振ってやる。正さん胆ッ玉をしっかりして掛かりねえ」

りねへ、と競ひかかるに、ゑゑ気の早い奴め、喧嘩では無い、とてさすがに言ひかねて口を噤めば、でもお前が大層らしく飛込んだから己れは一途に喧嘩かと思つた、だけれど正さん今夜はじまらなければもうこれから喧嘩の起りッこは無いね、長吉の野郎片腕がなくなる物と言ふに、何故どうして片腕がなくなるのだ。お前知らずか己れも唯今うちの父さんが龍華寺の御新造と話してゐたを聞いたのだが、信さんはもう近々何処かの坊さん学校へ這入るのだとさ、衣を着てしまへば手が出ねへや、空つきりあんな袖のぺらぺらした、恐ろしい長い物を捲り

と勢いがかる。「ええ気の早い奴め、喧嘩では無い」といったが、さすがに塞ぎこむ理由は言いたくなく口を噤むと「でもお前が大層な勢いで飛び込んできたから、おれはてっきり喧嘩かと思った。だけれど正さん、今夜始まらなければ、もうこれから喧嘩は起こりッこはないね。長吉の野郎、片腕がいなくなるもの」と言う。「何故どうして片腕がいなくなるのだ」「お前知らないのか。おれもたった今うちの父さんが龍華寺の御新造（若妻）と話していたのを聞いたのだが、信さんはもう近々何処かの坊さん学校へ入るのだとさ。衣を着てしまえば手が出ねえや。からっきしあんな袖のぺらぺらした、恐ろしい長い物を捲り上げるのだからね。そ

上るのだからね、さうなれば来年から横町も表も残らずお前の手下だよと煽すに、廃してくれ二銭貰ふと長吉の組に成るだらう、お前みたやうのが百人中間に有たとて少とも嬉しい事は無い、着きたい方へ何方へでも着きねへ、己れは人は頼まない真の腕ッこで一度龍華寺とやりたかつたに、他処へ行かれては仕方が無い、藤本は来年学校を卒業してから行くのだと聞いたが、どうしてそんなに早く成つたらう、為様のない野郎だと舌打しながら、それは少しも心に止まらねども美登利が素振のくり返されて正太は例の歌も出ず、大路の往来の夥ただしきさへ

うなれば来年から横町も表も残らずお前の手下だよ」と三五郎は煽す（扇ぎ立てる）。「よしてくれ、二銭貰うと長吉の組になるような、お前みたいのが百人仲間にいたとしても、ちっとも嬉しい事は無い。付きたい方へどこへでも付きねえ。おれは人は頼まない。本当の腕ッこで一度龍華寺とやりたかったのに、よそへ行かれては仕方が無い。藤本は来年学校を卒業してから行くのだと聞いていたが、どうしてそんなに早くなったのだろう。しょうがない野郎だ」と舌打ちしながら、それは少しも心に止まらず、美登利の素振りが繰り返し思い出されて、正太はいつもの歌も出て来なかった。大通りの往来の夥しいのさえ、心淋しいので

心淋しければ賑やかなりとも思はれず、火ともし頃より筆やが店に転がりて、今日の酉の市目茶々々に此処も彼処も怪しき事成りき。

美登利はかの日を始めにして生れかはりし様の身の振舞、用ある折は廓の姉のもとにこそ通へ、かけても町に遊ぶ事をせず、友達さびしがりて誘ひにと行けば今に今にと空約束はてし無く、さしもに中よし成けれど正太とさへに親しまず、いつも耻かし気に顔のみ赤めて筆やの店に手踊の活溌さは再び見るに難く成ける、人は怪しがりて

賑やかだとも思われず、夕暮れから筆屋の店に転がって、今日の酉の市は目茶々々にここもかしこも不思議なことになったのだった。

美登利はあの日をさかいにして、生まれ変わったような身の振る舞いで、用のある折りには廓の姉のもとにこそ通うが、全く町で遊ぶ事をしなくなった。友達がさびしがって誘いに行けば「今に今に」と空約束を果てしなくして、あれほど仲良しだったのに正太とさえ親しまず、いつも恥ずかし気に顔ばかり赤らめて、筆屋の店で手踊りした活発さは再び見ることは難しくなった。そのことを人々は怪しがって、病気のせいかと危ぶむ者もあっ

病ひの故かと危ぶむも有れども母親一人ほほ笑みては、今にお侠の本性は現れまする、これは中休みと子細ありげに言はれて、知らぬ者には何の事とも思はれず、女らしう温順しう成つたと褒めるもあれば折角の面白い子を種なしにしたと誹るもあり、表町は俄に火の消えしやう淋しく成りて正太が美音も聞く事まれに、唯夜な夜なの弓張提燈、あれは日がけの集めとしるく土手を行く影そぞろ寒げに、折ふし供する三五郎の声のみ何時に変らず滑稽ては聞えぬ。

　龍華寺の信如が我が宗の修業の庭に立出る風説をも美登利は絶えて聞かざりき、有

たが、母親は一人微笑んでは「今にお侠（おてんば）の本性は現れまする。これは中休み」と子細（事情）ありげに言い、知らない者には何の事ともわからず「女らしくおとなしくなった」と褒める者もあれば「せっかくの面白い子を台無しにした」と誹る者もあった。表町は俄かに火が消えたように淋しくなり、正太の美声も聞くことが稀になった。ただ夜な夜なの弓張提燈（竹弓で上下に引っ張った提灯）、あれは日掛けの集め（集金）と明らかに土手を行く姿がやたらと寒そうで、折ふしお供をする三五郎の声だけがいつになっても変らずおどけて聞えるのだった。

　龍華寺の信如が自分の宗派の修業の庭（学林）

し意地をばそのままに封じ込めて、此処しばらくの怪しの現象に我れを我れとも思はれず、唯何事も耻かしうのみ有けるに、或る霜の朝水仙の作り花を格子門の外よりさし入れ置きし者の有けり、誰れの仕業と知るよし無けれど、美登利は何ゆゑとなく懐かしき思ひにて違ひ棚の一輪ざしに入れて淋しく清き姿をめでけるが、聞くともなしに伝へ聞くその明けの日は信如が何がしの学林に袖の色かへぬべき当日なりしとぞ。

に立出（出発）した噂をも、美登利は絶えて（まったく）聞かなかった。昔の意地はそのままに封じ込めている。ここしばらくの妙な様子に自分を自分とも思えなかった。ただ何事にも恥ずかしさばかりがあったが、ある霜がおりた朝、水仙の作り花を格子門の外からさし入れて置いた者がいた。誰のしわざと知るよしも無いが、美登利はどういう理由でもなく懐かしい思いで、違い棚の一輪挿しに入れて、淋しく清き姿をながめていた。聞くともなしに伝え聞くことには、その翌日は信如が何とかいう学林（僧侶の学校）で袖の色を（黒く）変えてしまったまさに当日であったそうだ。

おわりに――SNSは現代の吉原か？

『たけくらべ』を読み終えていかがでしたか。おそらく最初に下段「現代意訳文」を読まれたと思いますが、下段はなるべく上段「総ルビ原文」と全く違う言葉に変えることはせず、上段から連想しやすい言葉に変えました。あるいは文学性は損なうものの、樋口一葉が使いたかったであろう言葉を残し、（丸括弧）による説明文を入れました。よって下段のみ、文学表現としては「小説文」ではなく、古文の参考書によくある「解説文」のようになってしまいました。

また本作りの原則通り、本文の「文字」サイズを統一してしまうと、下段の説明文のみどんどん長くなり、上下段の文章の位置がずれてきてしまいます。よって下段のみ「文字」の「垂直比率」を目立たない程度に微調整し、上段の原文と下段の説明文の位置がずれないようにしました。

これは難しい上段を読む上で、下段を辞書として利用できるようにするための工夫です。まだ上段を読まれていない方は、ぜひ上段の原文も読み返していただきたいと思います。ストーリー展開や子ども達の会話の部分ももちろんですが、特に「二」節、「八」節のように樋口一葉がドラマのナレーターのように状況説明している部分は、「雅俗折衷体」の「雅(みやび)」の部分が強調され、まるで平安時代の物語や随筆を、原文で読んでいるような情緒が味わえます。

さて登場人物は、明治時代中期の13歳から16歳ぐらいの子ども達です。現在で言えば中学一年生から高校一年生ぐらいの子ども達ですが、厳密には子どもから大人へなりかけの人々です。交通料金も大人料金になり、親を越すほどに身長も伸び、着ていた服も子ども服から大人の服に変わります。中学校のクラブ活動では先輩・後輩の上下関係も発生し、人間関係も複雑になります。女の子なら「恋バナ」をし始めたり、力を付けた男の子達は殴り合いの喧嘩もします。

しかし気持ちだけはついこの前まで小学生だったので、完全な大人にはなりきれていません。第二次性徴で大人らしい体つきになりますが、自分の体と自分の周りの状況だけが急激に変化し、自分の心は置いてきぼりです。漠然とした不安から、時に「寂しく」、時に「イライラ」もするけど、同時に「絶対プロ選手になるぞ！」と将来の夢を決意したりもします。いわゆる「思春期」ですね。

『たけくらべ』の登場人物達も同じです。いまから約１２０年も昔の19世紀の話ですから、当然異なる点も多々ありますが、21世紀の現代と何も変わらない点も多いと思われます。

いろんな思いを抱えながらも、最終的に「信如」は美登利への思いを振り切って僧侶の学校へ、「美登利」は悩みながらも花魁の道へ、「長吉」は男として初めて吉原に遊びにいき、13歳の「正太郎」だけが取り残されます。この子ども達の成長度や方向性の違いが『たけくらべ』なのです。

ただし小説の中に『たけくらべ』という言葉は登場しません。おそらく伊勢物語の二十三段にある「幼い頃、井筒で背丈を比べ合っていた男女が、大人になってお互の恋愛感情を再認識して結婚する」という内容の短歌「筒井筒」が、タイトルの元になったと思われます。

さて「思春期（ししゅんき）」の「春」は、ざっくり人生を四季に分けた場合の「春」です。人生は「春」の恋で始まり、「夏」が結婚、「秋」が子育て、「冬」が老後でしょうか。恋の季節に思い悩むから「思春期」、青くて素晴らしいから「青春（せいしゅん）」です。後半の「結婚・子育て・老後」はたっぷりお金がかかる現実的な季節ですが、本来お金とは無縁で純粋な気持ちだけの季節が「春」です。

しかし『たけくらべ』に登場する「吉原遊郭」は、本来お金とは無縁の「春」をお金で売る、現在では違法の「売春（ばいしゅん）」をする施設です。一般女性なら純粋な「春」を経て、幸せな「夏・秋・

冬」へと続きますが、「春」をお金で売られてしまった「遊女」に「夏・秋」はなく、28歳の年季明けでいきなり孤独な「冬＝老後」になります。といってもまだ28歳、働かなければなりませんが、「遊女」以外に仕事の経験がないので、結局「吉原」関係の仕事に戻るか、「吉原」以外の「私娼窟」（非公認遊郭）で再び「遊女」になるしかなかったようです。

　小説ではラストで美登利の活発さが失われてしまい、「ゑゑ厭や厭や、大人に成るは厭やな事、何故このやうに年をば取る、もう七月十月、一年も以前へ帰りたいにと老人じみた考へ」とあり、まだ14歳の美登利が「歳を取りたくない」と嘆いています。一瞬、大人なら誰でも一度は経験した微笑ましい感情にも思えます。しかし「昨日の美登利の身に覚えなかりし思ひ」や「憂く耻かしく、つつましき事身にあれば」との記述から、この急激な心の変化は、「吉原」では遊女デビューの合図となる「初潮」が原因と思われます。ただし当時の法律は16歳未満の遊女就業を禁止していたので、二年後に遊女になることが確定し、楼主からお祝いでもされたのでしょうか。

　美登利は相手が信如であれ誰であれ、普通の女性としての幸せな人生を諦めなければならない現実を実感し、絶望感を抱いたのかもしれません。それでも最後には「かの日を始めにして生れかはりし様」とあり、その現実を受け入れて乗り越えたのでしょう。またラストの水仙の作り花は、信如がお互いの道で頑張ろうというエールを込めて、紅入り友仙のお礼をしたのでしょうか。

さて第一章・リードミーで、「吉原遊郭」をディズニーリゾートに例えましたが、「吉原遊郭」とディズニーリゾートは、全く同じではありませんが、全く異なっているわけでもありません。最後にこの歴史の闇にも関わる、微妙な違いを考察して終わろうと思います。

古くは平安時代後期、天皇や源平の武士達は「白拍子」と呼ばれる「遊女」を愛人にすることをステータスにしていました。義経と行動を共にしていた「静御前」も「白拍子」です。また江戸時代、女歌舞伎が禁止された理由にも関わります。さらに近代では韓国との間で問題になっている「従軍慰安婦問題」とも関連しますし、現代ではSNSの「裏アカウント」などで、ごく一部の人達が行っている「性の販売（援助交際・猥褻画像）」とも関わります。

昭和33年に「吉原遊郭」は消滅し、世界的にも全滅に向けて動いていましたが、他国では「女性の貧困を救う」という名目で本人自らが行う「単純売春」を認める逆の動きも出ています。ただし本当にこの動きが女性を貧困から救い、幸福へつながる方向で役立つのでしょうか。

たしかに格差社会の中では、宝くじやビットコインで大儲けでもしない限り、一度貧困のループにはまってしまうと、抜け出すのが難しいのも事実です。やむを得ない事情で「性の販売」を行っている女性がいるのであれば、安易な批判は避けなければなりません。

ただし経済偏重から発生した「お金さえあれば…」という歪んだ価値観と、「ばれなければコンプライアンス違反にならない」という社会的風潮から行われたのだとしたら、やはり問題かもしれません。

さらに携帯からスマホへと急速に進化したＩＴ機器は、家族や友達からも分離された、ＳＮＳ内だけの特殊なプライバシーを入手しやすくしました。その結果、一部の人達にとって安易な「性の販売」がやりやすくなったのです。皮肉なことに吉原と同様、ＳＮＳにも明らかに異なる「明」と「暗」の二面があると言わざるを得ません。

とはいえ昔のように厳しすぎる年貢の取り立てから農民が娘を売るような人身売買はなくなり、他人が他人を売春させる「管理売春」も違法となりました。よって女性達が辛酸をなめさせられてきた歴史は終わりを告げたのです。それでもなくならない理由はどこにあるのでしょうか。先の見えない社会への不安から、自虐的に自分を傷つけているだけだとしたら、いつか自分の価値を認め、自分という人間の尊厳を、自分で取り戻してもらいたいものだと思います。なぜなら、他人が自分の人権を侵害する時代は、もう終わっているのですから。

「たけくらべ」という作品にふれたことを契機に、読者各自がこれらの問題への認識をより深めて頂くことを期待しています。

（文責・コドモブックス編集部）

【参考文献・参考サイト】

・樋口一葉、著『たけくらべ』（新潮社・新潮文庫、一九四九年六月）
・山口照美、現代語訳『現代語で読むたけくらべ』（理論社、二〇十二年八月）
・青空文庫（https://www.aozora.gr.jp）
・要約文庫（http://www.youyakubunko.lv9.org）
・春を売る女たち（http://www.waseda.jp/sem-muranolt01/KE/KE0005.htm）

たけくらべ

ISBN978-4-434-24853-5
2018 年 7 月 18 日　　初版印刷
2018 年 7 月 25 日　　初版発行
著者＝樋口一葉
発行者＝小倉　実
発行所＝有限会社オモドック
〒 169-0073 東京都新宿区百人町 2-4-5-607
発売所＝株式会社星雲社
〒 112-0005 東京都文京区水道 1-3-30
電話＝ 03-3868-3275
FAX ＝ 03-3868-6588
印刷製本＝日本ハイコム

頁データをスマホで読めます。

http://www.omodok.co.jp/takekurabe

「SideBooks」アプリをダウンロード後、上記アドレスから「たけくらべ」頁データ（PDF）を「直接ダウンロード」して開き、「余白設定」で 1 段分に狭め、「左▶右」機能でお読みください。また著作権はないので、PC でダウンロードして、自由に印刷・配布も可能です。

Kodomo Books の心意気

＊

●みなさん知ってますか。えら呼吸をしていたおたまじゃくしが、かえるになりかけたとき、池の水面にとび出た石の上にのって、少しずつ、肺(はい)呼吸の練習をしているのを……。だから、そんな石がない池では、おたまじゃくしが育たないのです。なにげない石だけど、おたまじゃくしの成長には、かかせないものなのです。

●人間の私たちにとって、そんな石ってなんでしょう。大人になるために、子どもの身長ではのぞけない世界を見せてくれる、そんな踏み台ってなんでしょう。私たちは、そんな石や踏み台を、たくさん必要としていたのに、いつもその脇を、すり抜けてきたようにも思います。

●そんな石にのりそこねた大人が子どもといっしょにのかって、いっしょに新しい世界をのぞくための石。それが Kodomo Books です。

●オモドックは Kodomo Books の刊行を目的につくられた出版社です。オモドックもみなさんといっしょに石の上にのっかろうとして、必死にもがいているのです。みなさんよろしく。